L'ombre qui éclairait tout

Alfred Hitchcock

Les Trois jeunes détectives

L'ombre qui éclairait tout

Traduit de l'américain
par Claude Voilier

HACHETTE
Jeunesse

SÉRIE *LES TROIS JEUNES DÉTECTIVES* DANS LA BIBLIOTHÈQUE VERTE

Le crâne qui crânait
La momie qui chuchotait
L'ombre qui éclairait tout
Le démon qui dansait la gigue
Le requin qui resquillait
Une araignée appelée à régner
Le journal qui s'effeuillait
Le Drakkar hagard
L'épouvantable épouvantail
L'éditeur qui méditait
La saisie des sosies
Le Chinois qui verdissait
Les douze pendules de Théodule
Le chat qui clignait de l'œil
Le tableau se met à table
La baleine emballée
L'aveugle qui en mettait plein la vue
L'épée qui se tirait
Au rendez-vous des revenants
Les caisses à la casse
La mine qui ne payait pas de mine
Le testament énigmatique
Le miroir qui glaçait
Le flibustier pirate
Le lion qui claquait des dents
Envolée, la volaille!
L'aigle qui n'avait plus qu'une tête
Silence, on tue!
Le dragon qui éternuait

L'édition originale de ce roman,
rédigé avec la collaboration
de William Arden et de Robert Arthur,
a paru en langue anglaise
chez Random House, New York,
sous le titre :
THE MYSTERY OF THE LAUGHING SHADOW

Hachette, 79, boulevard Saint-Germain, Paris VIe

Quelques mots d'Alfred Hitchcock

Salut, mes amis! J'ai le plaisir de vous inviter, une fois de plus, à vivre une passionnante aventure policière en compagnie de ces trois étonnants garçons connus sous le nom des Trois Détectives.

Aujourd'hui, c'est une mystérieuse amulette en or, provenant, semble-t-il, d'un trésor disparu, jadis amassé puis caché par une tribu de Peaux-Rouges, qui les entraîne vers des dangers dont ils ont à peine conscience. Pour ajouter du piment à l'affaire, le rire étrange d'une ombre à peine entrevue les suit et semble les narguer partout où ils vont.

Si vous avez lu une ou plusieurs des précédentes enquêtes des Trois Détectives, vous savez déjà tout de mes jeunes héros. Sinon, permettez-moi de vous les présenter rapidement...

Le détective en chef, Hannibal Jones, est un solide garçon, un peu trop grassouillet peut-être, mais plein de dynamisme et d'une intelligence subtile. Son second, Peter Crentch, est l'athlète du groupe, avec sa haute taille et ses muscles bien entraînés à tous les sports. Le troisième de la bande, Bob Andy, appartient à la catégorie studieuse. Moins costaud que ses amis, il s'est spécialisé dans les recherches fastidieuses qui, souvent, aident efficacement le trio dans ses enquêtes. On l'a surnommé Archives et Recherches.

Les trois camarades habitent Rocky, petit village situé sur la côte du Pacifique, pas très loin du prestigieux Hollywood. Leur quartier général consiste en une vieille caravane habilement camouflée sous une montagne d'objets de rebut, au fond de la cour des Jones. Ceux-ci, Titus et Mathilda Jones, oncle et tante d'Hannibal, tiennent en effet un vaste bric-à-brac : le Paradis de la Brocante.

Mais à quoi bon vous en dire davantage ! Abordez vite le premier chapitre de ce livre... et écoutez le sinistre éclat de rire de l'ombre mystérieuse...

ALFRED HITCHCOCK.

Chapitre 1

Un rire dans la nuit

Bob Andy et Peter Crentch rentraient chez eux. Ils étaient encore à trois kilomètres de Rocky quand ils durent allumer la lanterne de leurs bicyclettes. La nuit tombe vite, en hiver, dans les montagnes de la Californie du Sud.

«Je crois, dit Peter, que nous aurions dû nous mettre en route plus tôt.

— Bah! répondit Bob en souriant. Je ne regrette pas de m'être attardé. Nous avons eu une fameuse baignade.»

Les deux amis venaient de passer une merveilleuse journée en montagne, couronnée par un bain dans l'eau fraîche d'un torrent. Rien n'avait gâté leur plaisir, sinon le fait qu'Hannibal Jones, le chef de leur trio de Détectives, n'était pas avec eux. En effet, Hannibal n'avait pu les accompagner car, ce jour-là, son oncle Titus avait besoin de lui au *Paradis de la Brocante*.

Fatigués mais heureux, les deux garçons

pédalaient le long d'un haut mur clôturant une propriété lorsqu'un cri troua soudain la nuit :

« Au secours ! »

Surpris, Peter freina brusquement et s'arrêta net. Bob vint se heurter à lui.

« Ouille ! grommela Archives et Recherches.

— As-tu entendu ? » chuchota Peter.

Bob redressa son vélo et jeta un coup d'œil perplexe au mur noyé d'ombre.

« Oui, j'ai entendu. Peut-être quelqu'un s'est-il blessé ? »

Comme les deux amis restaient immobiles, l'oreille tendue, il leur sembla percevoir des frôlements de l'autre côté du mur. Puis l'appel s'éleva de nouveau :

« Au secours ! »

Cette fois, on ne pouvait s'y tromper. Un inconnu réclamait de l'aide. Non loin des deux garçons, un portail dont les barreaux se terminaient en fer de lance s'encastrait dans le mur. Sans hésiter, Peter lâcha sa bicyclette et courut à la grille. Bob s'élança dans son sillage. Soudain, Archives et Recherches ne put retenir une exclamation où se mêlaient la surprise et la douleur :

« Hou là ! »

Un objet, lancé par-dessus le faîte du mur, venait de heurter son bras... un objet dur et petit qui rebondit à terre dans l'obscurité. Peter se pencha pour le ramasser :

« Le voici ! Je l'ai trouvé ! »

Tous deux examinèrent ce que Peter tenait au creux de sa paume. C'était une minuscule statuette en métal brillant. Elle représentait un homme à l'allure étrange, souriant, assis en tailleur.

« Qu'est-ce que c'est, Peter ?

— Ne me le demande pas. C'est un truc qui devait être accroché quelque part. Il y a un anneau sur la tête du bonhomme.

— Quelqu'un l'a lancé par-dessus le mur, murmura Bob. Peut-être... »

Il fut interrompu par des bruits confus derrière la clôture. On marchait lourdement parmi les buissons. Puis une voix étouffée s'éleva :

« Il a jeté quelque chose dehors. Va voir !

— Je vais le retrouver, patron ! » répondit une seconde voix.

Une main invisible commença à ouvrir la lourde grille. Regardant vivement autour d'eux, Peter et Bob avisèrent un épais bosquet tout près de là. Ils s'empressèrent d'y pousser leurs vélos et s'y dissimulèrent eux-mêmes.

Le portail s'ouvrit en grinçant. Une silhouette se découpa entre les arbres de l'allée qui s'amorçait au-delà de la grille. Retenant leur souffle, les deux amis regardaient de tous leurs yeux à travers les feuilles. L'ombre se rapprocha d'eux, les dépassa et s'avança un peu plus sur la route.

« As-tu vu qui c'est ? chuchota Bob.

— Non ! Il fait trop sombre.

— Peut-être devrions-nous rendre cette statuette. Elle paraît avoir de la valeur.

— Je crois que... Hé ! Regarde ! »

Une forme plus noire que la nuit tombante venait de surgir à deux pas de la cachette des deux garçons. Ceux-ci se tinrent cois. L'ombre les dominait de toute sa taille. Elle leur parut grande, un peu tordue, bossue aussi. Ils remarquèrent le nez très long, en forme de bec, et la tête, petite, qui bougeait sans cesse comme pour regarder dans toutes les directions.

Soudain, un rire démoniaque s'éleva dans l'obscurité. Il provenait de cette ombre fantastique, toute proche d'eux. Saisis de panique, Bob et Peter eurent soudain grande envie de fuir à toutes jambes. Mais déjà le rire s'éteignait tandis que l'ombre effrayante demandait d'une voix naturelle :

« Tu n'as rien trouvé, n'est-ce pas ? Tant pis ! Il fait trop sombre pour chercher, à présent.

— C'est vrai, patron, répondit l'autre homme, un peu plus loin sur la route. Je reviendrai ici demain matin, à la première heure. »

L'ombre bossue à la tête bizarre attendit un moment que l'autre la rejoigne. Puis les deux inconnus regagnèrent le parc de la propriété, tirant derrière eux le portail qui grinçait. Bob et Peter restèrent tapis dans leur cachette jusqu'à ce que le portail eût été verrouillé à nouveau et que les pas des deux hommes se fussent éteints dans la nuit.

« As-tu vu ce type ? souffla Bob. Celui à la drôle de tête. Et ce rire... cette espèce de rire épouvantable... qu'est-ce que c'était donc ?

— Je n'en sais rien et je ne tiens pas du tout à le savoir, répondit Peter.

— Rentrons vite et racontons à Hannibal ce que nous venons de voir.

— Ça, c'est une bonne idée, mon vieux ! »

Les deux amis enfourchèrent leur bicyclette et s'élancèrent de nouveau sur la route. Ils n'avaient pas atteint le prochain tournant que le rire sauvage éclata de nouveau derrière eux.

Ils continuèrent à pédaler furieusement et ne ralentirent enfin qu'en apercevant les lumières rassurantes de Rocky.

Chapitre 2

Un mystérieux message

« On dirait de l'or massif! » annonça Hannibal Jones.

Le chef du trio des Détectives avait l'air sagace d'une chouette tandis qu'il examinait la minuscule statuette.

« Ça a de la valeur? s'enquit Bob.

— Je le crois, opina Hannibal. Et pas seulement parce que c'est en or.

— Voyons, Babal, objecta Peter. Qu'est-ce qui peut avoir plus de valeur que l'or? »

La figurine souriante étincela entre les doigts d'Hannibal.

« Regardez, mes amis, dit celui-ci, comme cet objet est finement ciselé. C'est certainement l'œuvre d'un artiste qui connaissait son métier. Voyez ces yeux délicatement bridés, cette tête coiffée de plumes. Il doit s'agir d'une amulette ancienne, représentant un Peau-Rouge. J'en ai vu de semblables dans les musées. »

Les Détectives se trouvaient réunis dans la

vieille caravane qui leur servait de quartier général.

Comme Titus Jones n'avait pas trouvé à la vendre, il l'avait donnée à son neveu. Les garçons en avaient fait leur repaire secret en la dissimulant sous une montagne d'objets de rebut de toute sorte. Personne, en dehors d'eux, ne savait où elle se trouvait. On ne pouvait du reste y accéder que par une série d'entrées secrètes, soigneusement aménagées. Les Détectives avaient installé un petit bureau à l'intérieur avec table, téléphone, magnétophone et classeurs. Un minuscule laboratoire et une chambre noire faisaient suite au bureau. Presque tous les objets utilisés par les trois amis provenaient du bric-à-brac : leur patience, leur habileté et leurs soins les avaient tous remis en état.

Tandis que Bob et Peter achevaient le récit de leur aventure dans la montagne, Hannibal continuait à examiner la figurine d'or. A la fin, il soupira :

« Vous pensez donc que c'est la personne qui a crié au secours qui a aussi jeté cet objet pardessus le mur ? A votre avis, également, les deux hommes que vous avez vus auraient attrapé ce pauvre diable et seraient sortis pour remettre la main sur la statuette ?

— Cela nous paraît évident, répondit Bob.

— Cependant, l'appel au secours et la statuette ne sont pas forcément liés, mes amis. Vous lancez des affirmations sans avoir l'ombre d'une preuve. »

Peter protesta :

« Voyons, Babal ! Un enquêteur ne doit rien conclure à la légère, c'est d'accord ! Mais, dans le cas présent, l'évidence crève les yeux. Nous avons entendu l'appel, la statuette a été lancée par-dessus le mur, puis ces deux hommes sont sortis pour la chercher et l'un d'eux appelait l'autre " patron ". Ça ressemble fort à des bandits.

— Possible, mon vieux, mais encore une fois il n'y a aucun rapport certain entre la figurine et le cri.

— Que penses-tu de cette ombre étrange? demanda Bob. Je n'ai jamais vu personne ayant une pareille allure et riant de cette manière.

— Au fait, mes amis, pouvez-vous me décrire ce rire?

— On aurait dit un rire d'enfant, dit Peter.

— Non. Plutôt un rire de femme, corrigea Bob.

— Ou encore un rire de dingue.

— Nerveux et comme effrayé.

— Ou même un vilain rire d'homme.

— Oui... un peu comme un vieillard qui aurait peur.

— Je vois, dit Hannibal d'un air intrigué. En somme, ce rire pouvait être n'importe quoi. Aucun de vous ne peut le définir. On dirait que vous n'avez pas entendu de la même façon. J'en viens à me demander si vous avez bien entendu l'appel au secours.

— Oh, pour ça, oui!» s'écrièrent en chœur Bob et Peter.

Le visage d'Hannibal exprimait la plus grande perplexité.

«D'après la description que vous m'avez faite des lieux, je pense que vous vous trouviez juste devant le domaine Sandow.

— Bien sûr! s'écria Bob en faisant claquer

ses doigts. Une propriété immense. J'aurais dû le savoir.

— Le domaine est principalement composé de montagne, ajouta Hannibal, mais le père de la vieille Mlle Sandow y élevait des quantités de bétail autrefois.

— Ils n'en ont plus, à présent? demanda Peter.

— Non, répondit Bob. Je me rappelle avoir lu pas mal de choses au sujet du domaine, à la bibliothèque municipale. Le père de la vieille Mlle Sandow a été le dernier à le faire fructifier. A sa mort, sa fille fut sa seule héritière. Elle vit en ermite. Papa affirme qu'elle a davantage de terres que d'argent. Elle vit donc toute seule, avec une bonne à demeure et un jardinier qui ne vient que dans la journée. Personne ne la voit jamais. »

Bob, qui adorait fouiner à la bibliothèque municipale, savait toujours une foule de choses sur les sujets les plus divers. Ses informations étaient toujours exactes. Hannibal conclut :

« Ce qui signifie que ce que vous avez vu et entendu, mes amis, est particulièrement étrange. Que faisaient ces hommes dans la propriété Sandow, et d'où provient cette statuette?

— Peut-être fait-elle partie d'un lot d'objets volés à Mlle Sandow? suggéra Peter.

— Mais celle-ci ne possède rien de précieux », fit remarquer Bob.

Hannibal, l'air préoccupé, continuait à tourner et à retourner la figurine entre ses doigts. Soudain, ses yeux se mirent à briller.

« Qu'y a-t-il, chef? » demanda Bob.

Hannibal examinait toujours la statuette. Ses doigts s'activaient à sa base. Soudain, un cri de triomphe lui échappa : le bas de la figurine s'était ouvert : quelque chose tomba à terre.

« Un compartiment secret!» s'écria Peter.

Hannibal ramassa le minuscule bout de papier tombé de la figurine. Il le déroula sur son bureau et poussa un grognement.

« Un message? demanda Bob, très excité.

— Je ne sais qu'en penser, avoua Hannibal en se mordant la lèvre. Il y a bel et bien quelque chose d'écrit là-dessus, mais en une langue que j'ignore. »

Bob et Peter se penchèrent sur le morceau de papier.

« En effet, reconnut Bob, dépité. On n'y comprend rien. »

Les trois amis restèrent un moment sans parler, ruminant leur déception. Bob et Peter savaient qu'Hannibal possédait quelques rudiments de plusieurs langues essentielles et qu'il en parlait trois couramment. S'il ne pouvait reconnaître celle-ci, de quoi diable s'agissait-il? Soudain, les yeux de Bob s'arrondirent.

« Mais... mais... bégaya-t-il. Ça... ça n'est pas écrit avec de l'encre! C'est du sang!

— Tu as raison, mon vieux, dit Hannibal. C'est du sang. Autrement dit, celui qui a écrit ce message l'a fait en secret, sans plume ni crayon.

— Il doit être prisonnier, décida Bob.

— A moins qu'il ne s'agisse d'un des bandits qui veut rompre avec la bande.

— On peut avancer tant d'hypothèses, déclara Hannibal, qu'il s'agit là, me semble-t-il, d'un cas tout à fait dans les cordes des Trois Détectives. La première chose à faire est de dénicher quelqu'un capable de nous traduire ce texte mystérieux.

— Sans doute! Mais qui?

— Ma foi... nous connaissons un homme qui en sait long sur toutes les langues du monde et qui connaît également toute sorte de gens susceptibles de nous dépanner.

— Alfred Hitchcock! s'écria Peter.

— Exactement, confirma Hannibal. Ce soir, il est trop tard, mais demain matin nous irons le voir et nous lui soumettrons ce message.»

Chapitre 3

Attaque brutale

Le jour suivant, sitôt après leur petit déjeuner, Peter et Bob se hâtèrent d'aller rejoindre Hannibal au *Paradis de la Brocante.* Leur ami les attendait déjà, avec Warrington et la Rolls-Royce plaquée or qui était restée à la disposition des Trois Détectives à la suite d'un concours dont Hannibal avait gagné le premier prix.

« Warrington, dit Hannibal au chauffeur tandis que les garçons prenaient place dans l'imposant véhicule, nous allons voir M. Hitchcock aux studios.

— Très bien, monsieur Jones. »

En dépit des liens amicaux qui s'étaient noués entre eux, l'impeccable chauffeur anglais restait d'une correction parfaite.

Sachant par expérience qu'il n'était pas aisé de voir le fameux producteur à son bureau de Hollywood, les Détectives ne lui rendaient jamais visite qu'en Rolls. Et ils bénissaient *in petto* le fait d'avoir la somptueuse voiture à leur disposition. En fait, le premier prix gagné par Hannibal ne leur en avait octroyé l'usage que pendant un mois. Mais un de leurs clients, qu'ils avaient aidé à récupérer un gros héritage, les avait généreusement récompensés : grâce à lui, les Détectives pouvaient user de la Rolls quand bon leur semblait. Sagement, ils n'abusaient pas de ce privilège. En l'occurrence, cependant, leur « carrosse » doré leur servirait de Sésame pour ouvrir la porte des studios hollywoodiens.

« Alors, jeunes gens ! s'écria Alfred Hitchcock en les voyant entrer. Quel bon vent vous amène ? »

Les trois amis lui rapportèrent les événements de la veille, puis Bob déposa la figurine d'or sur le bureau du producteur. Les yeux d'Alfred Hitchcock, brillants de curiosité, examinèrent avec soin la statuette.

« Ainsi que l'avait deviné Hannibal, dit-il, elle est en effet très ancienne. C'est là, sans aucun doute, une amulette fabriquée par un Indien d'Amérique. Je connais pas mal de choses sur l'artisanat indien depuis que j'ai tourné un certain film pour la télévision. Je peux donc vous dire, sans risque de me tromper, que cette amulette est une production des Indiens Chumash. Une, toute semblable, figurait dans notre film.

— Qu'est-ce au juste qu'une amulette, monsieur ? demanda Peter.

— Un talisman que l'on porte en général suspendu à un cordon passé autour du cou. Il est censé protéger contre les mauvais esprits ou attirer la chance. Le petit anneau, sur la tête de votre Peau-Rouge, sert à passer le cordonnet. Les Chumash avaient toute une gamme d'amulettes analogues à celle-ci.

— Je ne savais pas, dit Peter, que nous avions eu des Indiens dans la région de Rocky.

— Oh, si! coupa Bob. J'ai lu pas mal de choses sur les Chumash. Ils formaient une petite tribu, très paisible. Etablis ici même, sur la côte du Pacifique, ils travaillèrent par la suite pour les conquérants espagnols.

— Exact! déclara M. Hitchcock. Mais ce qui m'intéresse le plus dans votre histoire, c'est cette ombre au rire étrange. Vous dites qu'elle était grande, bossue, avec une tête remarquablement petite qui ne cessait de remuer en regardant de tous côtés et dont le rire avait quelque chose de sauvage?

— Oui, monsieur, confirma Bob.

— Vous étiez tout près de cette ombre et cependant Peter et vous décrivez différemment ce rire. Qu'en pense notre ami Hannibal?

— Rien du tout pour l'instant, monsieur. Cela m'intrigue.

— Moi aussi... Si nous passions maintenant au message dissimulé dans l'amulette?»

Hannibal tendit le petit morceau de papier à M. Hitchcock, qui l'étudia d'un œil intéressé.

«Diable! C'est bien écrit avec du sang! Du sang frais, semble-t-il. Ce papier n'a pas séjourné longtemps dans sa cachette.

— Pouvez-vous déchiffrer le message, monsieur? s'enquit Bob.

— Malheureusement non. Il s'agit d'une langue totalement inconnue de moi. C'est la première fois que j'en vois un échantillon.

— Et Hannibal qui comptait sur vous pour nous éclairer! soupira Peter.

— Que faire à présent? murmura Bob, très déçu.

— Une minute, jeunes gens! Je n'ai pas dit que je ne pouvais pas vous aider, dit Alfred Hitchcock en souriant. Je vais vous envoyer à un de mes amis, professeur à l'université de Californie du Sud et spécialiste des langues indiennes d'Amérique. Il nous a servi de conseiller pour notre film. Et savez-vous où il habite? A Rocky même! Ma secrétaire va vous donner son adresse. Tenez-moi au courant des progrès de votre enquête.»

Les Trois Détectives remercièrent le producteur et prirent congé. Au passage, la secrétaire leur donna l'adresse du professeur. Il s'appelait Wilton Meeker et habitait à deux pas de l'entrepôt des Jones.

Hannibal dit à Warrington de les conduire chez M. Meeker, puis de regagner avec la Rolls l'agence qui l'employait : ils pourraient rentrer à pied.

Le professeur Meeker habitait une petite maison blanche, séparée de la rue par un jardin à la végétation exubérante et une barrière de bois peint. Les garçons ouvrirent le petit portail et s'engagèrent dans l'allée aux dalles rouges. Soudain, un homme surgit du fouillis végétal et bondit vers eux. Bob laissa échapper un cri d'avertissement :

«Gare!»

L'inconnu était court sur pattes mais, avec ses épaules carrées, dégageait une impression de force. Sa peau avait la couleur du cuir bouilli. Le rictus qui écartait ses lèvres découvrait des dents d'une blancheur éclatante. Une lueur sauvage brillait dans ses yeux noirs. Contrastant avec son teint, ses vêtements étaient blancs : chemise vague, faite de grosse toile et serrée à la taille, pantalon du même tissu et large chapeau de paille. Comme le pantalon ne descendait que jusqu'au-dessous du genou, on voyait saillir les mollets bruns et musclés de l'homme.

Il tenait à la main un long couteau à la lame menaçante.

Paralysés, les trois amis s'étaient immobilisés au milieu de l'allée, tandis que l'inconnu s'avançait vers eux en brandissant son arme d'un air féroce et en proférant des paroles menaçantes dans une langue inconnue des Trois Détectives. Avant qu'ils soient revenus de leur surprise, il était sur eux.

D'un geste brusque de sa large main brune, l'homme arracha l'amulette d'or aux doigts d'Hannibal. Puis il fit vivement demi-tour et disparut parmi les bosquets. Les trois garçons restèrent un bon moment sans parler. Enfin, Peter balbutia :

« Il a volé l'amulette ! »

Et puis, sans souci du danger, il plongea à son tour au sein de l'exubérante végétation tropicale, à la poursuite de l'homme brun. Bob et Hannibal s'élancèrent sur ses talons. Tous trois arrivèrent à l'autre bout du jardin, juste à temps pour voir l'inconnu se précipiter à l'intérieur d'une vieille voiture ferraillante. Un autre homme, qui se tenait au volant, démarra dès que le voleur d'amulette fut à ses côtés.

Peter annonça, ce qui était l'évidence même :

« Il nous échappe !

— En emportant notre statuette ! » ajouta Bob, consterné.

Les trois garçons restèrent plantés là un bon moment, remâchant leur déconvenue. On leur avait pris l'amulette !

Soudain, une voix irritée s'éleva derrière eux.

Chapitre 4

Les Démons des Falaises

« Que faites-vous ici ? »

Se retournant, les trois amis aperçurent un petit homme sec, aux cheveux gris, qui les regardait à travers ses grosses lunettes.

« Un individu vient de nous voler notre amulette, déclara platement Peter.

— Il tenait un couteau, déclara Bob.

— Votre amulette ? répéta le petit homme d'un air intrigué. Ah ! Mais vous devez être les garçons dont Alfred Hitchcock m'a annoncé la visite. Les Trois Détectives.

— Oui, monsieur, s'empressa d'affirmer Hannibal.

— Et vous avez un problème à m'exposer ? Une langue inconnue de vous ? poursuivit le professeur Meeker.

— Hé oui ! soupira Bob tristement. Le malheur, c'est qu'un individu, costaud et brun de peau, a volé l'amulette, et que notre problème a disparu avec lui.

— Erreur! coupa tranquillement Hannibal. Le problème est toujours là. L'amulette s'est envolée, d'accord! Mais pas le message. J'ai pris la précaution élémentaire de les apporter séparément.»

D'un air triomphant, le chef des Détectives tendit le morceau de papier au professeur.

«Merveilleux! s'écria celui-ci, dont les yeux se mirent à briller derrière ses lunettes. Venez vite, que je puisse l'étudier convenablement!»

Tournant les talons, il se mit à trotter en direction de la maison. Son enthousiasme pour le message qu'il tenait était tel qu'il faillit donner de la tête dans un arbre. Entraînant les Détectives à l'intérieur de la villa, il leur désigna des sièges, prit lui-même place derrière son bureau et se pencha sur le minuscule manuscrit.

«Oui, oui! murmura-t-il au bout d'un moment. Il n'y a aucun doute! Absolument extraordinaire!»

Il se parlait à lui-même. Visiblement, il avait oublié la présence de ses jeunes hôtes.

«Et écrit avec du sang, par-dessus le marché! Du sang frais. Fantastique!»

Hannibal se racla la gorge.

«Hum! S'il vous plaît... Savez-vous de quelle langue il s'agit?

— Hein? fit le professeur en levant les yeux. Oh!... oui, oui, bien sûr! C'est du yaquali. Pas l'ombre d'un doute. C'est écrit en yaquali. Ah, les Yaquali! Quel peuple fabuleux! Rares sont les tribus indiennes qui connaissent l'écriture, vous savez! Mais les Yaquali apprirent l'alphabet espagnol et des missionnaires espagnols composèrent un dictionnaire spécialement pour eux, afin qu'ils pussent lire et écrire leur propre langue.

— Les Yaquali constituent-ils une tribu locale, comme les Chumash ? demanda Peter.

— Locale ? répéta le professeur Meeker. De nos régions, voulez-vous dire, comme les Chumash ? Grand Dieu, non, mon garçon. Les Chumash formaient un petit peuple fort peu évolué. Ils étaient bien incapables d'écrire leur langue. Le yaquali est complètement différent du chumash. Autant comparer l'anglais et le chinois ! Les Yaquali n'ont jamais non plus habité nos régions.

— Ce sont pourtant bien des Indiens d'Amérique ? demanda Bob.

— D'Amérique, oui, mais pas des Etats-Unis, expliqua le professeur en considérant d'un air satisfait le message devant lui. Il est même absolument stupéfiant de voir un texte écrit en yaquali ici, à Rocky. Les Yaquali quittent rarement leurs montagnes. Ils détestent ce qu'on appelle la civilisation.

— Quelles montagnes, monsieur ? questionna Hannibal. Où vivent normalement les Yaquali ?

— Mais... au Mexique, bien sûr ! » répondit le professeur, apparemment surpris qu'on pût ignorer ce détail. Puis il sourit : « Excusez-moi, jeunes gens. Bien sûr, vous n'êtes pas au courant des mœurs des Yaquali. Il faut dire aussi qu'ils vivent en marge des autres peuples : ils fuient, je le souligne, tout contact avec l'homme blanc et le monde moderne.

— Ma foi, monsieur, fit remarquer Hannibal, le Mexique n'est pas très loin d'ici. Je ne vois pas ce qu'il y aurait de tellement étrange à ce que des Yaquali viennent à Rocky.

— Vous oubliez ce que je vous ai déclaré tout à l'heure, jeune homme. Les Yaquali ont horreur de quitter leur habitat naturel. Et puis, ils vivent dans la partie la plus reculée et la plus difficile d'accès de la Sierra Madre mexicaine. C'est un endroit isolé et affreusement aride que l'on appelle le Jardin du Diable. Les Yaquali ont un caractère farouche et fier qui les tient loin de toute civilisation, je vous le répète une fois de plus. Ils fuient leurs semblables et sont extrêmement difficiles à localiser. Leur habileté à grimper au flanc des montagnes, là où les autres hommes estimeraient toute escalade impossible, les a fait surnommer les Démons des Falaises.

— Démons? répéta Peter en frissonnant. Sont-ils donc dangereux, monsieur?

— Ils peuvent l'être si on les attaque. Mais, si on les laisse en paix, ce sont les êtres les plus doux de la création. Tout ce qu'ils demandent, c'est qu'on les abandonne à leur splendide isolement. C'est même pour cela qu'ils ont élu domicile dans leurs inaccessibles montagnes.

— Dans ce cas, demanda Bob, sceptique, comment se fait-il qu'un message d'eux ait pu arriver ici?»

Le professeur se gratta le menton.

«Eh bien, je pense que cela n'est pas tellement extraordinaire, après tout. Bien que les Yaquali soient assez difficiles à joindre, le gouvernement mexicain a tout de même travaillé avec eux ces dernières années. Le temps et les besoins du monde moderne ont fini par rattraper les Yaquali. Ces gens sont loin d'être bêtes. Et leur étonnante faculté d'escalade peut facilement trouver son emploi.

— Vous croyez que certains de ces Indiens

ont pu venir ici pour y exercer une activité quelconque ? demanda Hannibal.

— Je ne l'ai pas entendu dire, mais c'est du domaine du possible. Je ne vois pas cependant ce qu'ils pourraient venir faire à Rocky. Car c'est bien ici que vous avez trouvé ce message, n'est-ce pas ?

— Très près d'ici, monsieur. Ce papier était caché dans l'amulette.

— Ah, oui ! Les Yaquali aiment beaucoup les amulettes.

— Mais, d'après M. Hitchcock, celle-ci relèverait de l'artisanat chumash, précisa Bob. Elle ressemble tout à fait, dit-il, à celle qui figurait dans un film qu'il a tourné.

— Du travail chumash ? Voilà qui semble étrange. Je ne vois aucun rapport entre la tribu, aujourd'hui disparue, des Chumash et celle des Yaquali du Mexique. Et c'est l'amulette en question que vous a volée l'homme brun ?

— Oui, monsieur, répondit Peter.

— Elle était en or massif », souligna Bob.

Le professeur Meeker ouvrit de grands yeux.

« En or ? Une amulette chumash ? Impossible, jeunes gens !

— C'est pourtant la vérité, affirma Hannibal. Je l'ai examinée de près. Elle était bien en or, je suis formel.

— Vous devez vous tromper, mon jeune ami. »

Le chef des Détectives secoua vigoureusement la tête.

« Je sais reconnaître de l'or quand j'en vois, monsieur. Et M. Hitchcock, lui aussi, a déclaré que cette figurine était en or massif. »

Le professeur semblait frappé de stupéfaction. Il ouvrit tout grand la bouche, puis la referma. Il se frotta la mâchoire en considérant les Détectives. Son front se plissait sous l'effort de la pensée. Soudain, il se pencha en avant et, lentement, presque avec solennité :

« Si l'objet était vraiment en or, jeunes gens, vous êtes peut-être tombés sur quelque chose d'important... de très important... » Il détachait chaque syllabe, comme pour donner plus de poids aux mots qu'il prononçait. « Il se peut que vous ayez découvert un indice relatif à un mystère vieux de plus de deux siècles. »

Ce fut au tour d'Hannibal d'ouvrir des yeux ronds :

« Un mystère vieux de plus de deux siècles ? répéta-t-il.

— Oui, jeune homme. Le mystère du trésor chumash ! »

Chapitre 5

Le trésor chumash

« Sachez, jeunes gens, poursuivit le professeur Meeker, que les Chumash n'utilisaient pas l'or. En fait, le métal précieux était inconnu dans cette partie du territoire. Si votre amulette était bien en or, elle ne peut que provenir du fameux trésor chumash.

— De quoi s'agit-il, monsieur ? demanda Bob, très intéressé.

— Eh bien, expliqua le professeur, entre 1790 et 1820, il existait une bande dissidente de très dangereux Chumash dans les montagnes d'alentour. Ils étaient fort peu nombreux mais vraiment terribles quand on les attaquait, et passés maîtres dans l'art du camouflage. Les Espagnols se trouvèrent impuissants à les contrôler. Aussi imaginèrent-ils de leur donner de l'or à condition qu'ils laissent tranquilles leurs colons. La tribu eut vite appris la valeur du métal jaune. Et quand les Espagnols ne leur en donnaient pas assez, ils en volaient autant qu'ils pouvaient. A la fin, toutefois, ils furent vaincus, et leur chef, dont le nom peut à peu près se traduire par Grand-Cerveau, mortellement blessé et capturé. Mais, entre-temps, ils avaient amassé de fabuleuses richesses, tant en bijoux qu'en lingots d'or. C'est du moins ce que l'on prétendait. Grand-Cerveau refusa de révéler la cachette du trésor. Tout ce qu'il dit avant de mourir fut que " aucun homme ne pourrait jamais le trouver ". Les survivants de sa tribu disparurent et on ne les revit jamais. Depuis cette époque, nombreux sont ceux qui ont tenté de mettre la main sur le fameux trésor. Toujours en vain. A mon avis, tout cet or a dû être jeté au fond de quelque impénétrable cachette... peut-être même au fond de l'Océan, afin que les Blancs ne puissent jamais se l'approprier. »

Hannibal réfléchissait, le regard perdu dans le vide.

« Il me semble, dit-il enfin, que les Chumash auraient reculé devant un pareil sacrifice. Jeter ainsi leur or alors qu'ils avaient tant peiné pour l'entasser ! »

Le professeur reconnut que l'hypothèse était plausible.

« Il se peut que vous ayez raison, admit-il. En effet, si vous avez vraiment vu une amulette chumash en or, cela indiquerait que le trésor existe quelque part. Quelle fascinante découverte !

— Au fait, dit Hannibal, peut-être le message parle-t-il du trésor.

— Le message ? » Le professeur semblait avoir oublié le morceau de papier qu'il tenait. « Dieu du ciel ! Mais bien sûr ! Je vais le déchiffrer tout de suite. »

Le professeur se pencha sur le texte en expliquant :

« Les langues primitives sont souvent difficiles à traduire car ceux qui les parlent ou les écrivent expriment leur pensée d'une manière primaire. Voyons ! Ce texte dit à peu près ceci : "*Les mots fument. Chantez la chanson de mort. Frères aident.*" Je crains fort que ce soit tout.

— Cela paraît bien être un appel au secours, dit Bob.

— On le dirait, en effet, soupira le professeur en considérant le message d'un air soucieux. Ce que je ne comprends pas, c'est que ce texte yaquali se soit trouvé dans une amulette chumash. Il y a là un véritable mystère.

— Un mystère que nous espérons bien éclaircir, monsieur ! déclara Hannibal d'un ton plutôt pompeux.

— Bien sûr, jeune homme, répliqua le professeur avec un sourire. Et quand ce sera chose faite, je compte sur vous pour me permettre d'examiner le trésor des Chumash ! »

Il insista pour reconduire les trois garçons jusqu'au petit portail et regarda avec soin dans la rue pour s'assurer qu'aucun « homme brun » ne se profilait à l'horizon. Dès que les Détectives se retrouvèrent entre eux, Bob et Peter assaillirent leur chef de questions :

« Grand Dieu, Hannibal ! s'exclama Bob. Crois-tu que quelqu'un ait retrouvé le fameux trésor ?

— Et que quelqu'un d'autre essaie de le voler ? ajouta Peter.

— Peut-être l'amulette permet-elle de retrouver le trésor et quelqu'un essaie-t-il de mettre la main dessus pour gagner le coquetier.

— Ou peut-être, suggéra Peter dont l'imagination s'enflammait, une bande d'Indiens est-elle en train de dévaliser Mlle Sandow!

— Le voleur d'amulette et l'autre homme brun qui conduisait la voiture ressemblent bien à des Indiens.

— Et l'ombre au rire diabolique pourrait bien être un Indien sauvage.»

Hannibal, qui réfléchissait tandis que ses camarades bavardaient, coupa soudain court à leurs élucubrations.

«Avancer des hypothèses ne nous conduira nulle part, déclara-t-il avec autorité. Le plus pressé est de nous rendre chez les Sandow et de voir sur place ce que nous pouvons dénicher.

— Nous allons nous faufiler en douce dans la propriété, Babal? demanda Peter. Pour fouiner un peu partout sans qu'on nous voie?

— Pas du tout! Nous entrerons dans la maison par la grande porte et parlerons à Mlle Sandow. Elle peut savoir quelque chose d'essentiel, ou avoir vu quelque chose. Le hic, c'est de trouver un prétexte pour l'aborder.»

Les Détectives discutèrent de leur projet chemin faisant. Avant même d'atteindre le *Paradis de la Brocante*, ils étaient tombés d'accord : on chargerait le père de Bob de téléphoner à Mlle Sandow. Il lui demanderait de permettre aux trois garçons de visiter le domaine (jadis occupé par les Espagnols) en vue d'un exposé pour leur classe d'histoire. Hans ou Konrad, les deux colosses bavarois qui servaient d'aides à l'oncle Titus, pourraient les conduire là-bas.

«C'est curieux, fit remarquer Hannibal au passage, mais la plupart des grandes personnes sont toutes prêtes à aider les enfants dès qu'il est question de travail scolaire.»

Bob acquiesça, mais Peter, qui regardait en direction de l'entrée du bric-à-brac, laissa échapper une exclamation.

«Hé, vous autres! Regardez un peu qui est là-bas... Skinny Norris!»

C'était bien, en effet, le vieil ennemi du trio : un grand garçon efflanqué, doté d'un nez interminable. Pour l'instant, appuyé à la barrière, il leur tournait le dos. Skinny détestait les Détectives et se dépensait en efforts incessants pour prouver qu'il était plus malin qu'Hannibal. Heureusement, il échouait toujours. Mais, malheureusement pour les Détectives, il les gênait considérablement : d'abord parce qu'il disposait de beaucoup d'argent de poche, ensuite parce que son père était résident légal dans un autre Etat où Skinny avait eu la possibilité de se procurer un permis de conduire.

«Je me demande ce qu'il vient faire ici, murmura Bob.

— Certainement pas nous apporter sa collaboration, déclara Hannibal d'un ton sec. Venez! Nous allons regagner notre P.C. en passant par la Porte Rouge.»

Faisant vivement demi-tour, les trois amis se rendirent derrière l'entrepôt. Hors de la vue de Skinny, ils passèrent devant la palissade sur laquelle était peinte une scène dramatique du grand incendie de San Francisco, en 1906. Juste au coin, un petit chien figurait dans le tableau, près d'un rideau de flammes. Un de ses yeux était formé d'un nœud dans le bois. Quand on appuyait sur cet œil, trois planches pivotaient, démasquant une porte secrète : la fameuse

«Porte Rouge» par laquelle les Détectives se glissèrent dans la cour.

Une fois là, ils se faufilèrent sans être vus entre deux tas d'objets de rebut, rampèrent dans un «passage secret» de leur fabrication, et finirent par atteindre leur quartier général, au sein de la vieille caravane. Hannibal s'assit à son bureau, et, après avoir répété tout haut ce que Bob devrait dire à son père, il poussa le téléphone vers Archives et Recherches. Bob s'apprêtait à décrocher le combiné quand une voix féminine mais puissante appela du dehors :

«Hannibal Jones! Hannibal!

— Flûte! grommela Peter. C'est ta tante Mathilda, Babal! J'espère qu'elle ne va pas te retenir tout l'après-midi à travailler!»

Avant que le Détective en chef ait pu répondre, la voix de sa tante s'éleva de nouveau :

«Hannibal! Par tous les diables, où ce garçon est-il passé? Hannibal! Où es-tu, garnement? Il y a ici quelqu'un qui veut te voir. Un certain M. Sandow!... Hannibaaaal!»

Les Détectives se regardèrent. Un M. Sandow se présentait à eux juste au moment où ils tiraient des plans pour avoir droit d'accès au domaine Sandow! Mais... qui pouvait bien être ce M. Sandow?

«Mlle Sandow vit seule! rappela Bob.

— Venez, mes amis!» décida Hannibal en s'engageant dans le Tunnel Numéro Un.

Ce passage — dérobé, bien entendu — aboutissait à son atelier personnel, dans la cour du bric-à-brac.

Chapitre 6

Troublante découverte

« Ah ! Te voilà enfin ! »

Tante Mathilda dévisageait les garçons d'un œil sévère.

« Je me demande parfois si cet entrepôt n'a pas été construit uniquement pour vous permettre de vous y cacher tous les trois ! »

Un garçon grand et mince, de quelques années plus âgé que les Trois Détectives, se tenait debout près de Mme Jones. Il portait ses cheveux assez longs. Son costume gris avait certainement été coupé à l'étranger. Il sourit aux arrivants en leur tendant la main :

« Bonjour, mes amis. Je m'appelle Ted Sandow. »

Cachant leur intense curiosité, Hannibal, Bob et Peter serrèrent à tour de rôle la main tendue. Le visage d'Hannibal était empreint de son expression la plus innocente, tandis qu'il procédait aux présentations d'usage.

« Je suis Hannibal Jones. Et voici Bob Andy et Peter Crentch.

— Rudement content de faire votre connaissance, dit Ted avec un large sourire. Des amis à vous m'ont assuré que vous étiez très intéressants à rencontrer. Je devrais plutôt dire *un* ami... un garçon du nom de Skinny Norris.

— C'est Skinny Norris qui vous envoie ? s'exclama Peter qui n'en croyait pas ses oreilles.

— Il m'a dit exactement " que vous étiez des gars à part ". Etes-vous réellement " à part " ? Je suis impatient de connaître de jeunes Américains pas comme les autres. Jusqu'ici, depuis que je suis dans votre pays, je n'ai pas eu cette chance.

— Vous n'êtes pas Américain, Ted, n'est-ce pas ? demanda Bob.

— J'arrive d'Angleterre... de Cambridge exactement. Je séjourne chez ma grand-tante Sarah, au domaine Sandow. Voyez-vous, j'ignorais avoir une grand-tante jusqu'au jour où j'ai perdu mon père, voici quelques mois. Mon grand-père, le frère de tante Sarah, a été tué en France avant même la naissance de papa. A ce que j'ai compris, mon père a pris contact avec tante Sarah quand il a su qu'il n'avait plus que quelques mois à vivre. Elle m'a écrit et je suis venu. »

Le grand garçon ne cessait de sourire tout en parlant. Il était, semblait-il, de nature chaleureuse. Son débit était rapide, comme celui de la plupart des Anglais, et son accent difficile à saisir. Avant que les garçons aient bien réalisé tout ce qu'il disait, il poursuivait déjà :

« Tante Sarah a une grange pleine de vieilleries qu'elle y a accumulées des années durant.

Elle a décidé de faire un grand nettoyage par le vide. J'ai suggéré qu'elle vende tout ça à un brocanteur. Elle a appuyé mon idée et m'a chargé de lui trouver un acheteur. Un ami de tante Sarah, homme de loi à Los Angeles, m'a conseillé de prendre contact avec le fils d'une de ses relations à Rocky : Skinny Norris. C'est lui qui m'a donné votre adresse. Il a cependant refusé de m'accompagner jusqu'ici. J'ai d'ailleurs trouvé cela plutôt curieux. »

Avant que les Détectives aient eu le temps de dire à Ted que le fait ne leur semblait pas du tout curieux, à eux, tante Mathilda prit la parole. Depuis que Ted avait fait allusion aux vieilleries à vendre, ses yeux luisaient de convoitise.

« Eh bien, dit-elle, nous serons heureux de jeter un coup d'œil sur ce dont votre tante veut se débarrasser. Quand pouvons-nous aller là-bas ?

— Maintenant, si vous voulez », proposa Ted.

Tante Mathilda hocha la tête.

« Titus, mon mari, est absent pour l'instant, expliqua-t-elle. Et je ne peux pas abandonner l'entrepôt. Mais Hannibal sait aussi bien que moi ce que nous achetons. Il n'a qu'à se rendre sur place sitôt après déjeuner.

— Pourquoi ne viendriez-vous pas tous ? demanda Ted aux trois amis.

— Konrad pourrait nous conduire avec la fourgonnette, dit Hannibal.

— Eh bien ! Voilà qui est parfait ! s'écria Ted. Nous bavarderons ensemble. Je sais si peu de chose encore sur l'Amérique ! »

Tante Mathilda, qui flairait une bonne aubaine, donna son approbation. Les garçons mangèrent rapidement, puis allèrent trouver Konrad. Ils s'entassèrent tous dans la fourgonnette qui s'ébranla à la suite de la petite décapotable de Ted.

Avant de partir, le jeune Sandow avait en vain cherché Skinny Norris pour le remercier : celui-ci avait disparu. Ted en fut surpris... mais non les Trois Détectives, bien entendu.

Tandis que la fourgonnette roulait, Peter exprima tout haut sa perplexité :

«Je me demande ce que Skinny peut bien mijoter! dit-il à ses camarades.

— Un coup bas pour tenter de nous enfoncer, je suppose, répondit Hannibal. Comme d'habitude!... Mais ce n'est pas Skinny qui me tracasse. C'est au sujet de Ted que je me pose des questions. Pourquoi est-il venu au *Paradis de la Brocante* le lendemain même du jour où vous avez trouvé l'amulette?

— Tu veux dire, risqua Bob, qu'il sait que nous avons trouvé l'amulette mais qu'il ignore qu'on nous l'a volée?

— Nom d'un pétard! s'exclama Peter. Il y aurait donc plus d'un groupe mêlé à cette affaire!

— Il se peut aussi, suggéra Hannibal, que Ted sache que le message a été retiré de l'amulette et qu'il souhaite le récupérer.

— Voyons, Babal! protesta Bob. Ted a l'air tout ce qu'il y a de régulier. Je le trouve même très sympathique.

— Sa venue ici peut n'être qu'une coïncidence, concéda le chef des Détectives. Mais je vous conseille d'être vigilants. Mesurez vos paroles et gardez l'œil ouvert.»

Bob et Peter acquiescèrent, sachant qu'on

n'est jamais trop prudent. La fourgonnette était déjà sortie de Rocky. Elle suivit bientôt la voiture de Ted sur une route de montagne. Après de nombreux virages, les deux véhicules franchirent la grille du domaine Sandow, là où Bob et Peter avaient entendu l'ombre rire le soir précédent.

Au-delà du portail et du grand mur, les voitures roulèrent sur un étroit chemin goudronné. Au bout d'un kilomètre environ, on aperçut enfin la maison des Sandow. C'était une grande bâtisse de style espagnol, avec des murs blancs et un toit de tuiles rouge vif. La plupart des fenêtres étaient protégées par des barreaux. Celles du second étage s'ornaient de balconnets. Le fer forgé était la caractéristique du lieu. Mais ce fer-là était passablement rongé par la rouille, les murs blancs apparaissaient fissurés en plusieurs endroits et la maison tout entière aurait eu grand besoin d'être restaurée.

Ted conduisit directement ses compagnons à une grange basse, située juste derrière le bâtiment principal.

A l'intérieur s'entassait un véritable bric-à-brac d'objets hétéroclites dont certains étaient en bon état et d'autres à peine reconnaissables. Tous portaient une couche de poussière si épaisse qu'elle semblait être là depuis des siècles.

« Vous voyez! dit Ted en riant. Tante Sarah est très conservatrice. Je parie qu'elle ne sait même pas la quantité de trucs qu'elle a accumulés ici. »

Hannibal, qui avait hérité de l'oncle Titus l'amour des vieilleries, contemplait d'un air émerveillé la montagne de trésors qui s'offrait à sa vue.

« Il y a là des choses vraiment intéressantes, déclara-t-il avec honnêteté. Regardez-moi ce vieux rouet ! Et cette antique écritoire de voyage ! »

Une heure durant, Hannibal, Peter et Bob inventorièrent en jubilant les tas poussiéreux. Pour l'instant, aucun ne pensait plus à l'amulette, au trésor chumash et au rire diabolique de l'ombre mystérieuse. A la fin, le dos raide, Hannibal se redressa et contempla les piles de vieilleries devant lui.

« Je suppose qu'oncle Titus voudra acheter tout le lot, dit-il. Mais nous sommes encore loin d'en avoir fait l'inventaire.

— Venez avec moi à la villa, proposa Ted, pour vous reposer un peu et reprendre des forces. Nous avons de la limonade et des biscuits. Vous en profiterez pour faire la connaissance de tante Sarah. »

Bob et Peter, se rappelant pourquoi ils avaient si fort souhaité se rendre au domaine Sandow, acceptèrent en chœur et regardèrent leur chef. Hannibal était, bien entendu, ravi de l'offre de Ted, qui allait ainsi au-devant de ses désirs. Mais son visage resta impassible.

« Je boirai volontiers quelque chose, Ted, dit-il simplement. Pendant ce temps, Konrad pourra commencer à dresser une liste.

— Je lui ferai porter une bière, dit Ted.

— Merci pour la bière, approuva Konrad avec un large sourire. J'adore ça ! »

Les Trois Détectives suivirent donc le jeune Sandow dans la grande maison. La pièce où Ted les fit entrer était sombre et encombrée d'un lourd mobilier espagnol. Ted s'éclipsa pour aller demander la limonade. Il revint bientôt, accompagné d'une femme mince, aux allures d'oiseau, qui portait sans cesse les mains à sa chevelure blanche. Ses yeux d'un bleu délavé brillaient de plaisir.

« Je suis Sarah Sandow, et très contente de voir que Théodore s'est fait des amis. Il m'a dit que vous étiez envoyés par le *Paradis de la Brocante.* Eh bien, vous pouvez disposer de tout ce qui est dans la grange. J'aurais déjà dû me débarrasser de tous ces objets depuis longtemps.

— Entendu, madame, répondit Hannibal.

— Maintenant que Théodore est ici, continua la petite dame, je commence à reprendre goût aux choses qui m'entourent. Le domaine a grand besoin d'être restauré. »

Une domestique apporta la limonade et une assiettée de biscuits. Mlle Sandow fit elle-même le service. Elle semblait heureuse d'avoir de la jeunesse autour d'elle.

« Après hier soir, expliqua-t-elle tandis que les garçons attaquaient leur collation, Ted m'a persuadée qu'il n'était pas prudent de laisser tous ces objets dans la grange. »

Les Détectives dressèrent aussitôt l'oreille.

« Hier soir, madame ? répéta Hannibal. Que s'est-il donc passé ?

— On m'a volé une statuette d'or. Sous notre nez, encore ! s'écria Mlle Sandow avec indignation. Une des deux que mon pauvre frère Mark avait laissées quand il a été obligé de s'enfuir. Ces statuettes sont tout ce qui me reste de lui.

— Je me sens responsable de ce vol, expliqua Ted aux garçons. Voyez-vous, papa m'avait raconté ce que mon grand-père lui avait dit au sujet de ces deux statuettes d'or. Je les ai retrouvées au fond d'un tiroir et je les ai portées dans la bibliothèque pour les examiner. J'ai dû quitter la pièce un instant et, quand je suis revenu, l'une d'elles avait disparu.

— Vous ne savez pas qui l'a prise? demanda Hannibal.

— Il paraît que c'est un jeune garçon. M. Harris l'a vu.

— Certainement, je l'ai vu», affirma une voix venant de la porte.

Les Détectives se retournèrent et virent un homme bien bâti, en vêtements de sport. Ses yeux gris pétillaient. Ses cheveux couleur de sable couronnaient un visage plutôt rougeaud, auquel une petite cicatrice, au coin des lèvres, donnait un air perpétuellement souriant.

Ted fit les présentations : M. Harris était un ami de tante Sarah.

«Vous vous intéressez au vol dont nous avons été victimes, hein, jeunes gens?»

Il parlait avec un accent anglais, quelque peu différent cependant de celui de Ted.

«J'ai surpris un garçon qui sortait en courant de la maison et je l'ai poursuivi jusqu'à la grille. Quand je suis arrivé là, malheureusement, il avait disparu. Impossible de le retrouver. Je suppose qu'il avait des amis qui l'attendaient. A mon avis, nous ne reverrons jamais cette statuette.

— Nous pouvons peut-être vous aider à la retrouver, monsieur, proposa tranquillement Hannibal. Nous avons déjà eu la chance, à plusieurs reprises, de mettre la main sur des objets perdus ou volés.

— Il nous est arrivé aussi d'éclaircir pas mal de mystères», ajouta Peter.

M. Harris se mit à rire.

«Vous parlez comme si vous étiez détectives.

— Nous le sommes, effectivement, affirma Hannibal. Voici du reste notre carte...»

Il tendit à M. Harris un bristol sur lequel on pouvait lire :

LES TROIS JEUNES DÉTECTIVES
Enquêtes en tout genre
? ? ?
Détective en chef : HANNIBAL JONES
Détective adjoint : PETER CRENTCH
Archives et Recherches : BOB ANDY

Le rire de M. Harris s'éleva de nouveau.

«Dans ce cas, vous pourriez essayer de retrouver la statuette de Mlle Sandow. Détectives, vraiment? Et vous avez déjà éclairci des mystères?

— Absolument! s'écria Peter. Le chef Reynolds, qui est à la tête de la police de Rocky, nous a même nommés ses délégués.

— Vous m'en direz tant!» murmura M. Harris en considérant la carte qu'il tenait.

De l'autre bout de la pièce où il était assis, Ted demanda :

«Que signifient les trois points d'interrogation au-dessous de "Enquêtes en tout genre", les gars? Je ne pense pas qu'ils soient là pour laisser planer un doute sur vos capacités.»

Hannibal se tourna vers Ted avec un imperceptible froncement de sourcils.

«Ces points d'interrogation sont symboliques,

expliqua-t-il. Ils représentent tous les mystères que nous essayons d'élucider. Une sorte de marque de fabrique... notre griffe, si vous préférez.

— Merveilleux! s'écria Ted avec enthousiasme. Laisse mes amis tenter de retrouver la statuette, tante Sarah. Je participerai à leurs recherches.

— Mais, Théodore, objecta la vieille demoiselle, il s'agit peut-être d'une bande de voleurs. Il peut y avoir du danger.

— Mlle Sandow a raison, coupa M. Harris. Ce n'est pas un cas à confier à des enfants.

— Nous sommes toujours très prudents, madame, déclara Hannibal d'un ton grave, et nous préviendrions le chef Reynolds si nous trouvions une piste sérieuse. Si c'est vraiment un jeune garçon qui a dérobé la statuette, nous sommes en meilleure position qu'un adulte pour vous aider. L'expérience prouve que les jeunes sont en général moins effrayés par des garçons de leur âge que par des grandes personnes. Nous nous contenterons de découvrir l'endroit où est votre statuette.

— Voyons, tante Sarah, dit à son tour Ted, tu vois bien que mes amis sont raisonnables. Et puis, le chef Reynolds leur donne sa confiance.

— Ma foi, marmonna Mlle Sandow, un peu moins réticente, je suppose que le vol dont j'ai été victime n'est pas assez important pour que j'alerte la police...»

M. Harris approuva :

«C'est vrai. La police a mieux à faire que de s'occuper de babioles. Surtout que nous n'avons aucune preuve à lui fournir. J'ai idée que ces jeunes gens sont tout à fait capables de trouver une piste. Et s'ils jurent d'être très prudents...

— Ils le seront! s'écria Ted. Dis-moi, tante Sarah, pourquoi ne pas leur promettre une récompense? Ils la mériteront s'ils récupèrent la statuette.»

Mlle Sandow sourit à son neveu.

«Eh bien, du moment que vous vous engagez tous à ne rien entreprendre de dangereux, je serai certainement heureuse de vous récompenser. Je vous offre une prime de cinquante dollars.

— C'est donc entendu, dit Ted. Quelle chouette aventure! Dites, mes amis, voulez-vous revenir demain partager notre déjeuner? Nous mettrons sur pied un plan d'action!»

M. Harris se hâta d'intervenir.

«Je ne suis pas sûr que nos jeunes amis s'accommoderaient de notre menu, dit-il. Mlle Sandow et moi-même, nous sommes végétariens. Nous ne mangeons que des légumes. Voyez-vous, il se trouve que je suis président de la Ligue Végétarienne. Mlle Sandow m'a beaucoup aidé à lancer notre ligue à Rocky. Il faut que vous assistiez à une de mes conférences. J'en donne précisément une cet après-midi.

— Nous serons très heureux de vous applaudir, monsieur, déclara Hannibal, mais à présent nous devons vous quitter pour aller aider Konrad. Mon oncle sera sans doute désireux de savoir au juste ce que Mlle Sandow a à vendre. Nous nous occuperons de la statuette un peu plus tard.

— J'enquêterai avec vous, dit Ted. Et n'oubliez pas la récompense. Tante Sarah ne vous demandera même pas où vous avez trouvé la petite statue.

— Pas de questions ?» demanda M. Harris en riant.

Les trois garçons s'éclipsèrent pour rejoindre Konrad.

Une fois dans la grange, Hannibal regarda autour de lui pour s'assurer qu'ils étaient bien seuls, puis, se penchant vers Bob et Peter :

« Avez-vous remarqué ? souffla-t-il.

— Remarqué quoi ? demanda Peter, étonné.

— Ted s'est enquis de la signification des points d'interrogation sur notre carte de visite.

— Ça n'a rien d'étonnant, fit observer Bob. Les gens posent toujours la question.

— Sans doute, mais Ted nous a interrogés sans avoir vu notre bristol. »

Bob émit un léger sifflement.

« Tu as raison, mon vieux. C'est Harris qui l'avait en main. Et Ted était assis à l'autre bout de la pièce.

— Parfaitement. Ce qui signifie qu'il avait vu notre carte auparavant et, donc, qu'il nous ment. Pourquoi a-t-il prétexté ces vieilleries à vendre ? S'il voulait nous voir, il n'avait qu'à le dire carrément à tante Mathilda. Voyez-vous, ce gars-là cache quelque chose. »

Chapitre 7

Expédition nocturne

«Comment Ted pouvait-il savoir... à propos de notre carte? murmura Peter.

— Skinny a dû lui en parler, avança Bob.

— Non, déclara Hannibal d'un ton assuré. Ted connaissait notre existence avant de rencontrer Skinny, j'en suis persuadé. Et Skinny ne lui aurait jamais soufflé mot de notre carte officielle. Il nous jalouse trop! De toute manière, si Ted avait appris de Skinny qui nous étions, il l'aurait dit.

— Ce qu'il n'a pas fait! souligna Bob qui commençait à comprendre. Il a feint d'ignorer que nous étions détectives jusqu'au moment où nous le lui avons révélé nous-mêmes.

— Autrement dit, résuma Peter, il savait qui nous étions mais ne voulait pas que nous le sachions.

— Mais pourquoi? demanda Bob. Pourquoi désirait-il que nous ignorions qu'il avait déjà vu notre carte ? Après tout, il est bel et bien venu nous trouver ! »

Hannibal réfléchit un moment.

« Je ne vois qu'une raison à cela, dit-il enfin. La *manière* dont il a appris notre identité trahit quelque chose qu'il souhaite nous cacher. »

Il parut soudain avoir une illumination :

« Dites donc, les gars, êtes-vous sûrs d'avoir en poche toutes vos cartes ? »

Bob et Peter se fouillèrent aussitôt. Ils avaient toujours sur eux un certain nombre de cartons. Peter poussa une exclamation :

« J'ai perdu un bristol. J'en avais cinq et il ne m'en reste plus que quatre !

— Tu as dû le semer hier soir, près de la grille des Sandow, dit Bob, quand tu as tiré un mouchoir de ta poche pour envelopper l'amulette.

— Et ce bristol, Ted l'a trouvé ! enchaîna Hannibal. Ainsi, Ted était sur les lieux... et il ne veut pas que nous le sachions !

— Flûte, alors ! s'écria Peter. Et tu crois que c'est lui qui a volé l'amulette ?

— C'est une possibilité.

— Mais, Babal, objecta Bob, pourquoi a-t-il insisté pour que sa tante nous engage si c'est lui le voleur ? Car il a insisté, souviens-t-en.

— Un peu trop, même, fit remarquer Hannibal. Il a pour ainsi dire forcé sa tante à utiliser nos services. A mon avis, c'est qu'il pense que nous détenons l'amulette. Et il veut la récupérer. Il a suggéré une récompense pour nous allécher. Et rappelez-vous qu'il a dit que, si nous retrouvions l'objet, on ne nous poserait aucune question à son sujet. En quelque sorte, il nous invite à restituer l'amulette contre argent comptant.

— Mais en quoi cela l'arrangerait-il? dit Bob. C'est à Mlle Sandow que nous remettrions l'amulette, pas à lui! Si ton hypothèse était bonne, il aurait eu intérêt à venir s'entendre avec nous, en particulier.»

Hannibal parut ennuyé.

«J'avoue que tout n'est pas clair. Mais deux choses sautent aux yeux : Primo, Ted veut l'amulette. Secundo, il attache à l'objet plus de prix que sa valeur réelle.»

Peter gémit.

«Dire que nous avons perdu cette statuette! Et nous n'avons aucun moyen de la ravoir!

— Si, il y en a peut-être un, déclara Hannibal. Je ne cesse de penser à ça depuis que l'homme brun nous a volé notre Peau-Rouge souriant. Et c'est notre voleur lui-même qui va nous aider, peut-être, à le retrouver. Avec ses vêtements excentriques et son allure caractéristique, le bonhomme ne peut guère espérer passer inaperçu à Rocky. Je dirais même qu'il doit être assez facile à repérer. Pourquoi ne lancerions-nous pas un vaste appel à tous nos amis?

— Le Grand Appel! s'écria Peter avec enthousiasme. Quelle bûche je fais! J'aurais dû y penser!

— Je suis sûr que nos copains nous signaleront le passage de l'homme ici ou là, dit à son tour Bob, visiblement réconforté.

— Dépêchons-nous d'aider Konrad et rentrons vite à la maison!» conclut Hannibal.

Une heure plus tard, ils avaient dressé la liste de tous les objets susceptibles d'intéresser l'oncle Titus et filaient bon train en direction du *Paradis de la Brocante.* Une fois là, ils firent leur rapport à la tante Mathilda. Elle fut tellement fascinée par l'inventaire qu'on lui remit qu'elle ne s'aperçut même pas que les garçons s'éclipsaient en toute hâte.

Dès que les Détectives eurent regagné leur quartier général, dans la vieille caravane, ils s'empressèrent d'organiser le Grand Appel.

Hannibal baptisait ainsi une méthode à lui, qui consistait à alerter tous les jeunes de Rocky en les priant de ratisser leur secteur pour y détecter telle ou telle chose. C'était là une idée brillante dans sa simplicité. Il suffisait aux trois garçons de téléphoner à tous leurs amis et connaissances en leur communiquant le genre d'information qu'ils désiraient recevoir. Si les premiers jeunes contactés ne pouvaient fournir le renseignement demandé, ils téléphonaient à leurs propres amis, inconnus des Détectives, et ainsi de suite. De cette manière, tous les gamins de Rocky se transformaient en indicateurs bénévoles en un minimum de temps.

Les Trois Détectives commencèrent par noter avec soin sur un papier le signalement de l'homme brun vêtu de blanc, celui de la vieille voiture délabrée dans laquelle il s'était sauvé, et aussi la présence d'un autre individu brun au volant. Cela fait, ils appelèrent leurs amis et leur communiquèrent ces notes, rappelant leur numéro de téléphone et priant tous ceux qui auraient aperçu l'homme brun de se mettre immédiatement en rapport avec eux.

« D'ici une heure, déclara Hannibal en raccrochant après le dernier appel, tous les jeunes de Rocky, tant garçons que filles, se lanceront sur la piste de l'homme brun. Il ne nous reste plus qu'à attendre. »

Hélas! à six heures de l'après-midi, les Détectives n'avaient pas encore reçu un seul coup de téléphone. Les regards qu'ils échangeaient de temps en temps en disaient long. Le silence de leurs informateurs prouvait que personne, à Rocky, n'avait aperçu aucun des hommes bruns ni leur guimbarde.

« Ils doivent se terrer, soupira Bob.

— Peut-être ne sont-ils pas à Rocky, suggéra Peter.

— Oh, que si! affirma Hannibal. Ils sont en ville, j'en jurerais. Mais le Grand Appel demande de la patience. Nous aurons des communications. Hélas! en attendant...

— En attendant, enchaîna Peter, il est l'heure d'aller dîner. »

Hannibal soupira d'un air malheureux. Le fait de n'être qu'un jeune garçon, soumis à la réglementation des adultes, pesait souvent lourd sur ses épaules. Comme ses amis, il était obligé de rejoindre sa famille à l'heure des repas.

« C'est bon! dit-il en se levant. Mais après dîner, Bob, rends-toi à la bibliothèque et essaie de dénicher tout ce que tu pourras sur les Chumash et leur trésor. Tu trouveras certainement beaucoup de choses sur l'histoire locale de ce pays et, avec un peu de chance, sur le trésor lui-même. Et tâche aussi d'apprendre du neuf sur le frère de Mlle Sandow.

— Pas de corvée pour moi, je t'en supplie! s'écria Peter en feignant l'effroi.

— Justement si! répliqua le chef des Détectives d'un air déterminé. Tu me suivras jusqu'au domaine Sandow. Il se passe là-bas des événements bizarres et je veux les découvrir.

— Mais, Babal, que veux-tu que nous dénichions là-bas? demanda Peter.

— Avant tout, je veux retrouver cette ombre qui rit!

— Est-ce vraiment nécessaire?»

Hannibal ignora délibérément le ton gémissant de son lieutenant. Il se contenta d'ordonner d'un ton sans réplique :

«Sois de retour ici le plus tôt possible. Et passe des vêtements noirs.»

Comprenant qu'il était inutile de discuter davantage, Peter se résigna.

Le soleil déclinait rapidement derrière les hautes montagnes à l'ouest quand Peter et Hannibal atteignirent la grille du domaine. Les deux garçons cachèrent leurs bicyclettes dans un bosquet. Le chef des Détectives ôta un paquet rebondi de son porte-bagages.

«Le mur est trop haut pour qu'on puisse sauter par-dessus, expliqua-t-il. Et il borde entièrement la propriété du côté de la route. Mais j'ai pris mes précautions...»

Tout en parlant, il ouvrit son paquet dont il tira deux des trois petits walkies-talkies qu'il avait fabriqués lui-même pour l'usage exclusif du trio. Il sortit d'un sac une corde solide, terminée à un bout par un grappin à quatre branches.

«Les walkies-talkies nous seront utiles si nous venons à nous séparer, et la corde-harpon nous servira à escalader le mur. J'ai déniché ce grappin dans un lot qu'oncle Titus a acquis récemment. »

Hannibal eut vite fait d'envoyer le grappin par-dessus le mur où il s'ancra sans difficulté. Les deux garçons éprouvèrent le système en tirant dessus, puis Peter entreprit de monter le premier. Arrivé en haut du mur, il regarda au-delà pour s'assurer que tout allait bien, puis il hissa Hannibal. Quand tous deux furent à cheval sur le faîte, ils accrochèrent le grappin en sens inverse et se laissèrent glisser dans le parc. Après quoi, le chef des Détectives prit la précaution de décrocher son matériel, de le remettre dans le sac, et de dissimuler le tout sous un buisson.

« Et maintenant, chuchota-t-il, en route vers la villa ! Mais de la prudence, mon vieux ! »

Dans le crépuscule qui s'épaississait de minute en minute, les deux compagnons se frayèrent un chemin à travers les buissons et les arbres jusqu'à une levée de terrain d'où il leur fut loisible d'apercevoir la maison et la grange. A cet instant précis, la nuit envahit pour de bon le domaine. Tout était calme alentour. Des lumières brillaient aux fenêtres de la villa. On voyait des ombres aller et venir derrière les vitres. Au loin, sur la grand-route, on entendait passer les voitures.

Les garçons, immobiles et silencieux, commencèrent leur guet... A la longue, leurs membres souffrirent de crampes et de courbatures. Se sentant des fourmis dans la jambe droite, Peter bougea un peu pour rétablir la circulation sanguine. Mais Hannibal ne remuait pas plus qu'une borne. Enfin, les lumières de la villa s'éteignirent les unes après les autres. La nuit, sans lune, parut plus noire que jamais.

Soudain, Hannibal effleura le bras de son camarade.

« Qu'y a-t-il ? demanda Peter en sursautant.

— Là-bas... »

Une forme indistincte, de haute taille, bougeait près de la maison. Elle parut hésiter, comme si elle écoutait, puis se remit en marche. Après avoir dépassé la grange, elle tourna vers l'est, en direction des bois.

« Quand elle atteindra les arbres, commença Hannibal, nous... »

Il ne finit jamais sa phrase. Un bruit discordant venait de trouer la nuit : un rire sauvage, à vous glacer le sang dans les veines.

Chapitre 8

Ombres dans la nuit

Le rire démoniaque semblait emplir la nuit... haut perché et flou, comme celui d'une hyène sauvage.

« C'est elle ! chuchota Peter en frissonnant. L'ombre qui rit ! Mais elle me semble un peu différente...

— Que veux-tu dire ?

— Eh bien... heu... elle est moins bossue. Mais je reconnais parfaitement son rire.

— Dépêchons-nous ! décida Hannibal. Il ne s'agit pas de la perdre. »

Rapidement, ils quittèrent leur poste de guet pour se diriger à leur tour vers les bois. La forme confuse qu'ils pistaient venait de s'engager sur un sentier qui serpentait entre les arbres. Les Détectives suivirent d'aussi près qu'ils l'osèrent. Par chance, l'inconnu ne se retourna ni ne s'arrêta. Il allait, d'un pas ferme et vif. Et il avait cessé de rire.

La poursuite silencieuse s'étira, selon l'estimation de Peter, sur plus d'un kilomètre et demi. L'ombre continuait à marcher résolument vers l'est, s'enfonçant de plus en plus au cœur de la forêt. Finalement, elle quitta le sentier pour prendre une minuscule sente conduisant à un petit vallon, en forme de coupe. Là, un simple chemin de terre permettait d'accéder à une maison forestière, construite en rondins et passablement délabrée. Les Détectives notèrent la galerie qui en faisait le tour, et aussi ses fenêtres aux volets clos et sa cheminée de pierre.

« Une sorte de pavillon de chasse, souffla Hannibal.

— Regarde ! » murmura Peter.

Une seconde ombre, non plus humaine celle-là, venait de surgir brusquement : elle était sombre, oblongue, et se mouvait rapidement en direction de la maison. Comme elle passait non loin d'eux, les garçons virent qu'il s'agissait d'une camionnette, roulant tous feux éteints. Le véhicule s'arrêta à la hauteur de l'inconnu qu'ils suivaient. Un second homme, court et puissamment bâti, sauta à terre. Les deux individus eurent une brève conversation à voix basse, puis le conducteur de la camionnette se rendit à l'arrière et dégagea l'abattant.

Quatre nouvelles ombres sautèrent à leur tour du véhicule. L'homme râblé les disposa en file indienne et les poussa vers la maison. La première ombre alluma les lumières du porche et les quatre silhouettes passèrent le seuil à la queue leu leu.

Peter laissa échapper une exclamation de stupeur :

« OOOHHH ! »

Durant leur bref passage à la lumière, les quatre ombres s'étaient, une seconde, découpées nettement dans l'encadrement de la porte... et elles n'avaient pas de tête!

« Où... où sont leurs têtes? » chuchota Peter d'une voix qui tremblait.

Celle d'Hannibal n'était guère plus assurée quand il répondit :

« Je... je ne sais pas. On dirait des nains décapités... »

Les deux Détectives s'entre-regardèrent dans l'obscurité.

« Qu'est-ce qui peut bien se mijoter dans le coin? demanda Peter, peu rassuré.

— Je voudrais bien le savoir, soupira Hannibal, plus secoué qu'il ne se l'avouait lui-même par la vue des quatre formes sans tête. Peut-être qu'en nous rapprochant nous pourrons distinguer quelque chose par la fenêtre. Les volets sont mal fermés. »

Sans bouger encore, les deux garçons étudièrent de loin la maison forestière, essayant de décider sous quel angle il était préférable de l'aborder.

Tout à coup, un rire sauvage, diabolique, éclata dans l'obscurité, presque à côté d'eux. Sans même se rendre compte de ce qu'ils faisaient, Hannibal et Peter, d'un même élan, tournèrent bride et détalèrent sur le sentier, aussi vite que leurs jambes le leur permettaient.

Tandis que Peter et Hannibal couraient follement à travers les arbres et les buissons du domaine Sandow, Bob quittait la bibliothèque municipale, très agité par le résultat de ses recherches.

Il regagna le quartier général des Détectives

en toute hâte. Grande fut sa déception de ne pas y rencontrer ses camarades. Il dut se contenter de leur laisser un mot les invitant à l'appeler dès qu'ils seraient de retour.

Quand il rentra chez lui, il trouva son père en train d'écouter, à la radio, les dernières nouvelles locales. M. Andy travaillait pour le compte d'un journal de Los Angeles. Aussi ne manquait-il jamais, quand faire se pouvait, de prêter une oreille attentive aux faits divers radiodiffusés. Sans le déranger, Bob se rendit à la cuisine où sa mère lui servit une légère collation de lait et de biscuits.

« As-tu trouvé ce que tu cherchais à la bibliothèque, Bob ? demanda-t-elle à son fils.

— Je crois bien que oui, maman. Mais je n'ai rien pu communiquer encore à Hannibal et à Peter : ils n'étaient pas rentrés. »

M. Andy vint les rejoindre à la cuisine. Il avait l'air soucieux.

« Ah ! soupira-t-il. Quelle époque ! Je me demande où va le monde. On vient d'annoncer qu'un homme a été attaqué ici même à Rocky, alors qu'il faisait une conférence en public. Et au beau milieu de l'après-midi, encore !

— A Rocky ? répéta Mme Andy. On n'est plus en sûreté nulle part !

— Sans doute des adversaires du conférencier ! Des fanatiques ! L'homme qu'ils ont attaqué est président de la Ligue Végétarienne. Il était en train de parler quand deux hommes vêtus de curieux habits blancs se sont élancés sur l'estrade. Deux hommes à la peau très brune, selon les témoins. »

Bob faillit avaler son lait de travers.

« Des hommes à la peau brune, papa ?

— A ce qu'il paraît.

— Le conférencier a-t-il été blessé ? s'enquit Mme Andy.

— Apparemment non, mais ses agresseurs ont pris la fuite. »

Bob demanda vivement :

« Comment s'appelle-t-il, papa ?

— Qui ça ?

— Le conférencier... le président de la Ligue Végétarienne.

— Hum... attends un peu... Il me semble que c'est Harris. Oui. Albert Harris. »

Il sautait aux yeux de Bob que M. Harris avait été attaqué par les mêmes individus qui avaient repris la statuette d'or à Hannibal. Le jeune garçon acheva vivement sa collation et s'éclipsa pendant que ses parents continuaient à commenter la mystérieuse agression.

Il allait essayer de joindre Hannibal et Peter au téléphone. Une chose était certaine. Quelle que fût l'identité des hommes bruns et quel que fût leur but, ce n'était pas la seule amulette qui donnerait la clé du mystère.

Hélas ! C'est en vain que Bob laissa le téléphone sonner un bon moment. Là-bas, au quartier général, personne ne lui répondit : Peter et Hannibal n'étaient pas encore de retour !

Le chef des Détectives et son lieutenant étaient, à ce même instant, blottis au creux d'un bosquet, bien loin de l'endroit où le rire sauvage leur avait inspiré une telle panique. Le souffle leur manquait. Des branches avaient égratigné leur visage au passage. Ils s'étaient meurtris en tombant à plusieurs reprises. Enfin, ils se sentaient encore mal remis du choc éprouvé.

Peter essaya de scruter les ténèbres environnantes.

«Je ne vois rien. Et toi, Babal?

— Non. Je pense que nous sommes maintenant en sécurité.

— Je n'en suis pas tellement certain, marmonna Peter. A ton avis, qu'est-ce que c'était que ces trucs-là? Des nains sans tête?

— Il doit y avoir une explication quelconque, répondit un peu nerveusement Hannibal. Une explication toute bête. Nous n'avons pas eu vraiment le temps de bien voir. Peut-être... si nous retournons là-bas... en jetant un coup d'œil par la fenêtre...

— Ah, non! Ne me demande pas ça! protesta Peter. Pas avec cette ombre au rire terrifiant qui semble errer un peu partout!»

Hannibal n'insista pas. Il se contenta de soupirer :

«Bon. Je suppose que tu as raison. Ne tentons pas le diable. Remarque que je n'ai pas vu l'ombre quand le rire a éclaté à nos oreilles.

— Je ne l'ai pas vue moi non plus, mais il m'a suffi de l'entendre. Assez de réjouissances de ce genre pour aujourd'hui. Je suggère que nous partions d'ici... et dare-dare, encore!»

Hannibal ne répondit pas tout de suite. Il semblait plongé dans ses pensées. Peter attendit anxieusement qu'il prit une décision.

«Ecoute, Peter. J'ai l'impression que les hommes bruns et l'homme qui rit ont un lien dans ce mystère.

— Ça me paraît évident à moi aussi, bien que je ne voie pas le rapport entre eux.

— Ce rapport, c'est à nous de le découvrir, mon vieux. Mais pour l'instant, je suis de ton avis. Le mieux que nous ayons à faire est de filer d'ici en vitesse.

— Voilà comment j'aime t'entendre parler!»

Ragaillardi, Peter prit la direction d'une prudente retraite, à travers les pièges du sous-bois. Cette fois, les deux garçons ne firent aucune chute. Mais leur marche, effectuée dans une obscurité presque totale, était fort lente. Enfin, ils atteignirent le mur de clôture qu'ils longèrent jusqu'à l'endroit où se trouvait cachée la corde-harpon dans son sac.

Hannibal lança le grappin par-dessus le mur mais, cette fois, l'engin dérapa. Il en fut de même à la seconde tentative. Peter essaya à son tour. Ce coup-là fut une réussite. Le grand garçon était en train d'éprouver la résistance de la prise quand, derrière lui, il entendit soudain le bruit caractéristique d'un fusil que l'on verrouille.

«Retournez-vous et avancez vers moi, tous les deux!»

Une silhouette confuse se dressait devant les Détectives. De taille élancée, le nouveau venu tenait une carabine braquée sur eux.

Il n'y avait pas moyen de désobéir à un ordre soutenu par un tel argument. Penauds et très alarmés, Hannibal et Peter sortirent des buissons pour se retrouver sur le sentier. Soudain, Hannibal sourit de toutes ses dents.

«Ted! s'écria-t-il. C'est nous! Hannibal Jones et Peter Crentch.»

Ted Sandow ne lui rendit pas son sourire. Il ne baissa même pas son arme. Tout au contraire, le jeune Anglais regarda les Détectives d'un air soupçonneux.

« Que faites-vous ici à cette heure de la nuit ? » demanda-t-il sèchement.

Peter se rebella :

« Mais, Ted, voyons, c'est nous ! Nous travaillons pour ta tante, tu le sais bien !

— A cette heure ? répéta Ted. Dans cette obscurité ? En espionnant ? Vous ne m'aviez pas averti que vous reviendriez fureter par ici. Dans quels coins du domaine avez-vous été ?

— Ici et là, expliqua Hannibal volubilement. Nous pensions que l'amulette pouvait avoir été perdue près de la grille, ou encore que le voleur pourrait revenir à la faveur de l'obscurité. Nous avons la permission de ta tante... la permission de tenter de retrouver cette statuette, ne l'oublie pas ! »

Ted marqua une hésitation.

« Je ne sais pas si je dois vous croire. »

Peter ne put se contenir.

« Et nous ! jeta-t-il. Est-ce que nous devrions te faire confiance ? Tu sais depuis belle lurette que nous sommes des détectives. Tu le savais avant que nous te le disions. Depuis que tu as trouvé notre carte ! »

Hannibal essaya de faire taire son ami en lui donnant un coup de pied. Mais trop tard !... Ted Sandow dévisagea Peter.

« Comment avez-vous su... ? »

Peter expliqua au jeune Anglais qu'il avait commis une faute en parlant des points d'interrogation avant d'être censé avoir vu la carte. Ted parut confus. Il était clair, par ailleurs, qu'il admirait les Détectives pour leur perspicacité.

« Allons ! s'écria-t-il. Je dois vous féliciter. Vous êtes très malins ! » Il sourit et abaissa son arme. « J'avoue en effet avoir trouvé votre carte de visite près de la grille. J'en ai parlé à M. Harris. Il m'a dit qu'il pouvait s'agir d'une simple coïncidence, que je devais agir avec prudence car je pouvais fort bien me tromper. C'est alors que j'ai demandé à l'homme de loi de tante Sarah s'il connaissait, à Rocky, trois garçons se faisant appeler les Trois Détectives. Il m'a dirigé sur Skinny Norris, comme je vous l'ai déjà dit. C'est ainsi que j'ai pu prendre contact avec vous, en me rendant au *Paradis de la Brocante* sous prétexte de vous vendre les vieilleries de ma tante. Voilà la vérité, j'ai le regret de vous le dire. »

Peter comprit brusquement.

« Tu as cru que les voleurs de statuette... c'était nous ?

— Hé oui, reconnut Ted. C'est ce que j'ai suggéré à M. Harris, qui s'est montré sceptique. Il pensait, lui, que le vrai voleur avait perdu la statuette et que vous aviez simplement trouvé celle-ci. Nous avons donc décidé de vous faire venir ici, de vous offrir une récompense et peut-être, ainsi, de vous persuader de restituer la statuette en faisant semblant de l'avoir retrouvée. »

Hannibal considéra l'histoire de Ted puis demanda :

« Si tu as vraiment cru que nous avions volé la statuette, pourquoi ne pas nous en accuser, tout simplement ?

— Comme je viens de vous le dire, M. Harris estimait que vous pouviez l'avoir trouvée en toute innocence. Et il m'a mis en garde contre une accusation sans fondement. J'aurais pu être attaqué en diffamation.

— C'est alors que tu as décidé d'entrer en contact avec nous, de nous offrir cette récompense et de nous laisser croire que tu ignorais que nous possédions l'amulette! Très subtil.»

Ted parut contrit.

«Je regrette vraiment, mes amis, mais je ne vous connaissais pas alors. A présent... je sais que vous rendrez la statuette sans histoire. Car vous l'avez trouvée, n'est-ce pas?

— Pour être exact, c'est Bob et Peter qui l'ont trouvée, expliqua Hannibal. Hélas! Nous serions bien incapables de la rendre! Nous ne l'avons plus!»

Là-dessus, Hannibal révéla les faits : un homme brun lui avait sauté dessus et lui avait volé le petit Peau-Rouge souriant.

«Ainsi, la statuette a disparu», résuma Ted, visiblement très déçu.

Hannibal hocha la tête :

«Ne te décourage pas trop vite, dit-il. Il y a encore une chance de la récupérer... en retrouvant son voleur... l'homme brun!»

Ted sourit à nouveau.

«Est-ce possible? Avez-vous une méthode secrète pour y arriver? Et puis-je vous aider? J'aimerais vraiment collaborer avec vous, vous savez!

— Tu peux effectivement nous être utile, concéda Hannibal. Il te suffira de garder l'œil ouvert sur tout ce qui peut se passer ici même, au domaine. Et quand nous aurons repéré l'individu que nous recherchons, nous te ferons signe.

— Chouette! s'écria Ted, radieux.

— Maintenant, il est grand temps de rentrer chez nous, déclara Hannibal. Il est tard.»

Ted les fit sortir par le grand portail. Les Détectives se mirent vivement en selle et prirent le chemin du retour. Tout en pédalant dans la nuit, Peter ne put s'empêcher d'exprimer tout haut son étonnement :

«Dis-moi, Babal! Pourquoi n'as-tu pas raconté à Ted ce que nous avons vu hier soir, Bob et moi? Tu ne lui as parlé ni de l'appel au secours, ni de l'ombre qui rit.

— Tu veux savoir pourquoi je suis resté bouche cousue? Eh bien, je ne suis pas certain que Ted nous ait dit la vérité! avoua Hannibal d'un air tracassé. A sa place, si j'avais vraiment cru que nous avions volé l'amulette, j'aurais immédiatement dénoncé les Détectives... à moins que, pour quelque raison personnelle, il ait tenu à ce que personne d'autre que lui ne sache que nous possédions l'objet. Plus que jamais, Peter, je crois que ce garçon nous cache quelque chose.»

Cette déclaration troubla beaucoup le pauvre Peter. Il y pensait encore en amorçant la longue descente qui conduisait à Rocky.

Chapitre 9

« Là où aucun homme ne pourra le trouver »

De bonne heure le lendemain matin, Bob sauta à bas de son lit, fit sa toilette à toute allure et s'habilla en un tournemain. Avant de descendre, il frappa un coup léger à la porte de ses parents.

« Je m'occupe de mon petit déjeuner, m'man !

— Très bien, Bob, répondit une voix ensommeillée. Lave ton bol avant de partir. Au fait, où vas-tu ?

— Au *Paradis de la Brocante*, m'man ! »

Dans la cuisine ensoleillée, le jeune garçon se prépara rapidement un bol de flocons d'avoine, but un verre de jus d'orange, puis téléphona à Peter. Mme Crentch lui apprit que son fils était déjà en route pour le bric-à-brac des Jones. Bob fit son brin de vaisselle et courut enfourcher son vélo.

Au *Paradis de la Brocante*, il se heurta presque à la tante Mathilda.

« Ah ! s'écria-t-elle. En voici au moins un sur trois ! Quand tu verras tes camarades, Bob, préviens Hannibal que nous avons besoin de lui ce matin, pour aller au domaine Sandow.

— Comptez sur moi, madame. Je ferai la commission. »

BD'un pas nonchalant, Bob se dirigea sans en avoir l'air tout au fond de l'entrepôt. Dès qu'il se trouva hors de vue de la tante Mathilda, il se précipita vers l'entrée principale du repaire secret des Détectives. Un instant plus tard, il soulevait la trappe de la caravane. Hannibal et Peter étaient là, la mine sombre, près du téléphone silencieux.

« Pas le moindre appel ! annonça Peter d'un ton lugubre. L'enregistreur d'Hannibal ne contient pas un seul message. »

Peter faisait allusion à un appareil ingénieux, bricolé par Hannibal, que le gros garçon avait adapté à son téléphone, et qui enregistrait le texte des appels en l'absence des Détectives.

« Je crains fort que, pour une fois, notre Grand Appel ne donne pas grand-chose, soupira à son tour Hannibal.

— Hé, il est encore trop tôt pour se désoler ! s'écria Bob avec optimisme. Ecoutez plutôt ce que j'ai récolté hier soir !

— Auparavant, écoute donc ce qui nous est arrivé, à nous ! » coupa Peter.

Là-dessus, le garçon se lança dans le récit de l'aventure qu'il avait vécue la veille avec Hannibal. Bob ouvrit des yeux ronds comme des soucoupes en entendant parler de l'ombre au rire effrayant, des silhouettes sans tête et des accusations de Ted.

« Bien entendu, déclara Hannibal en conclusion, il est impensable que nous ayons vraiment vu des nains sans tête. Pourtant, on l'aurait juré. Ah! là! là! Je voudrais tant que nous recevions une réponse à notre Grand Appel ce matin! Je crois que les hommes bruns nous livreront la clé du mystère, d'une manière ou d'une autre, pour peu que nous sachions qui ils sont et ce qu'ils veulent au juste. Et maintenant, Bob, à toi de faire ton rapport. Qu'as-tu appris sur le trésor des Chumash?

— Pour commencer, dit Bob, ce trésor ne semble pas relever de la simple légende. L'histoire locale raconte que, après la disparition de la tribu chumash dissidente, tout le monde chercha à retrouver les richesses qu'elle était censée avoir accumulées. Ces recherches durèrent longtemps mais n'aboutirent jamais. Cela s'explique en partie quand on sait que la tribu avait des cachettes un peu partout dans les montagnes. Toujours d'après l'histoire locale, les terres qui font aujourd'hui partie du domaine Sandow auraient recelé l'une de ces cachettes. Mais personne n'a jamais trouvé la moindre trace, voire le moindre indice.

— Est-ce qu'on ne peut pas considérer comme des indices les deux amulettes du frère de Mlle Sandow? demanda Peter. Au fait, est-ce que l'histoire locale mentionne le nom de ce monsieur?

— Oui, répondit Bob. Il s'appelait Mark Sandow et son nom est associé à une vilaine affaire. Responsable de la mort d'un homme, il aurait dû quitter le pays en toute hâte. Sa victime aurait été un mystérieux chasseur vivant quelque part dans les collines du domaine. On ignore la raison du meurtre... on ne sait même pas s'il fut volontaire ou accidentel. Par ailleurs, je n'ai nulle part trouvé mention des deux amulettes d'or.

— Le professeur Meeker nous a dit que, lui non plus, n'avait jamais entendu parler de ces fétiches, soupira Hannibal. As-tu déniché un rapport fidèle des paroles prononcées par Grand-Cerveau avant de mourir ?

— Oui, dans quatre bouquins différents ! déclara Bob en tirant son calepin de sa poche. D'après l'un d'eux, Grand-Cerveau aurait dit : "*Quel homme peut trouver l'œil du ciel ?*" Un autre historien cite les mots suivants : "*L'œil du ciel ne trouve aucun homme.*" Les deux derniers rapportent la même phrase : "*Le trésor est dans l'œil du ciel, là où aucun homme ne pourra le trouver.*" J'imagine qu'il n'était pas tellement facile de traduire une phrase chumash.

— En effet. Le professeur Meeker nous a expliqué pourquoi, dit Hannibal. Ces quatre traductions, Bob, se ressemblent assez. Toutes mentionnent "l'œil du ciel" — contrairement au professeur Meeker qui n'en a pas parlé — et toutes affirment ou laissent entendre que nul ne pourra jamais remettre la main sur les fabuleuses richesses disparues.

— Dis donc, Babal, demanda brusquement Peter. L'œil du ciel, à ton avis, qu'est-ce que ça signifie ? »

Le chef des Détectives médita un instant.

« Ma foi... Qu'y a-t-il dans le ciel qui ressemble à un œil ?

— Certains nuages en forme d'anneau? suggéra Peter.

— Non, coupa Bob. Le soleil.»

Hannibal fit un signe d'assentiment :

«Oui. Le soleil... ou la lune. La lune a l'air d'être un visage.

— Comment les Chumash auraient-ils pu cacher leur trésor dans la lune ou dans le soleil? protesta Peter.

— Pas dedans, Peter, corrigea Hannibal, mais peut-être en un lieu où la lune ou le soleil brillent toujours exactement en un même point.

— Rappelez-vous! dit Bob. Autrefois, certains peuples construisaient des temples de telle façon que le soleil les éclairait à des endroits très précis.

— Malheureusement, déplora Hannibal, aucune de ces constructions n'existe par ici.

— Et puis, ajouta Peter, même s'il en existait, ce serait rudement difficile de déterminer le point exact servant de repère.

— Hélas!» soupira le chef des Détectives.

Soudain, il parut se rasséréner.

«Qui sait! suggéra-t-il. Après tout, Grand-Cerveau ne faisait peut-être pas allusion à quelque chose d'aussi compliqué. Par exemple, il pouvait vouloir dire que le soleil ou la lune *ressemblaient* à un œil, quand on les regardait d'un col de montagne ou du fond d'une vallée. Voyons! Connaissons-nous des endroits particulièrement encaissés, par ici?

— Je ne pense pas, Hannibal, avoua Peter. Du reste, rien ne prouve que l'endroit en question se trouve dans le voisinage. Bob affirme que les Chumash dissidents avaient des cachettes un peu partout.

— Et Grand-Cerveau a prédit qu'aucun homme ne trouverait jamais le trésor! rappela Archives et Recherches.

— Bah! fit Hannibal. Je suis persuadé que Grand-Cerveau a jeté un défi à ses vainqueurs en leur débitant une énigme de son cru...» Et, revenant à son idée fixe, il ajouta : «Si seulement nous savions pourquoi ces hommes bruns tiennent autant à l'amulette!

— Sapristi! lança Bob. J'allais oublier! J'ai encore du neuf à vous apprendre! Notre voleur d'amulette et son complice ont attaqué M. Harris!

— Quoi?»

Bob fit le récit de l'événement, tel que son père le lui avait rapporté après avoir écouté les informations à la radio. Hannibal se leva d'un bond :

«Allons parler à M. Harris! décida-t-il. Peut-être pourra-t-il nous apprendre quelque chose d'important. Mais l'un de nous devrait rester ici, auprès du téléphone. L'enregistreur ne peut pas poser de questions.

— Si Peter veut bien... proposa Bob.

— Tout à fait d'accord! acquiesça Peter de bon cœur.

— Nous emporterons nos walkies-talkies afin de rester en contact avec toi, mon vieux! lui dit Hannibal. Comme ça, tu pourras nous donner des nouvelles du Grand Appel si tu en as.»

Après avoir relevé sur l'annuaire l'adresse de la Ligue Végétarienne, Bob et Hannibal prirent leurs bicyclettes et se mirent en route. Il ne leur fallut que dix minutes pour arriver au grand bâtiment gothique de Las Palmas Street, où la Ligue avait son quartier général. C'était la dernière maison d'un bloc, presque à la sortie de la ville.

A deux pas de là, les montagnes brunes et pelées descendaient presque en bordure de la route. Une allée courait derrière les demeures de Las Palmas Street. C'est là que donnaient les garages des résidents.

Laissant leurs vélos à la grille, les deux garçons allèrent sonner à la porte d'entrée. Un homme, court sur pattes et lourdement bâti, leur ouvrit. Ils demandèrent à parler à M. Harris.

« Salut, jeunes gens ! cria la voix de M. Harris lui-même, du fond d'un corridor. Ça va, Sanders. Je connais ces garçons. Entrez donc, mes amis ! C'est un plaisir de vous voir ! Je n'espérais pas si tôt votre visite. Etes-vous venus pour vous inscrire à notre Ligue ? »

Sanders, qui était apparemment un employé de M. Harris, retourna travailler près d'une pile de boîtes en carton, à l'autre bout du hall d'entrée. Hannibal se hâta de préciser qu'il n'était pas là pour se joindre aux adeptes de la Ligue.

« Je regrette, monsieur. Nous sommes venus uniquement pour vous parler.

— Vous désirez me parler ? Eh bien, passons dans mon bureau. Attention où vous posez les pieds. Nous sommes en pleine installation, comme vous le voyez. J'aurais été heureux que vous vous joigniez à nous. Nous avons besoin de toutes les bonnes volontés. Pour l'instant, je suis obligé de tout faire par moi-même, avec l'aide de mes deux dévoués assistants. Venez ! Suivez-moi ! »

Les garçons durent se frayer un chemin

parmi des montagnes de boîtes de livres, de classeurs et de liasses de prospectus. M. Harris poussa une lourde porte de chêne et introduisit ses visiteurs dans une grande pièce ensoleillée, meublée comme un bureau. Il prit place derrière une table massive et fit signe aux garçons de s'asseoir.

« Alors, jeunes gens ! Qu'avez-vous à me dire ? »

Hannibal commença :

« Nous venons juste d'apprendre l'agression dont vous avez été victime, monsieur.

— Ah, oui ! Un type complètement fou a sauté sur moi. Ils étaient deux, en fait, mais un seul m'a attaqué. J'étais sur l'estrade, en train de parler... Je me suis défendu, bien sûr, et mon public a appelé la police. Les deux individus ont alors déguerpi.

— Pourquoi vous ont-ils attaqué, monsieur ? demanda Bob.

— A vrai dire, je l'ignore.

— Vous ont-ils dit quelque chose ? s'enquit à son tour Hannibal.

— Pas en anglais, en tout cas. Mon agresseur criait beaucoup mais, pour ce que j'en sais, il pouvait aussi bien parler javanais. Je n'ai pas compris un traître mot. J'ai essayé de l'immobiliser, mais il m'a glissé entre les doigts. Les deux énergumènes étaient déjà loin quand la police est arrivée. Je présume qu'il s'agit de déséquilibrés qui haïssent les végétariens. Ce n'est pas la première fois qu'on s'en prend à nous pour ce motif : les gens détestent souvent ceux qui n'agissent pas comme eux.

— Je sais, monsieur, dit Hannibal. Pourtant, à mon avis, ce n'est pas parce que vous êtes végétarien que ces gens-là s'en sont pris à vous. »

M. Harris parut fort surpris.

« Vraiment ? s'exclama-t-il. Alors, pourquoi m'ont-ils sauté dessus ? Auriez-vous une idée à ce sujet ?

— Oui, monsieur, répondit Bob tout net. Nous savons... »

Il s'interrompit, soudain conscient d'un faible bruit, tout près d'eux, dans le bureau. M. Harris l'entendit aussi et regarda autour de lui d'un air intrigué.

« Bip ! Bip ! Bip ! »

Bob comprit aussitôt ce que c'était : Peter devait essayer d'entrer en communication avec ses amis par l'intermédiaire des walkies-talkies.

Hannibal, lui aussi, avait entendu le bip-bip-bip. Il se leva brusquement.

« Navré de vous quitter aussi vite, monsieur, mais nous devons partir. Nous reviendrons dès que nous pourrons.

— Entendu, Hannibal, répondit M. Harris. Je suis ici pour un moment encore. Ensuite, j'irai voir Mlle Sandow. Je lui rends visite tous les jours. Après tout, sans elle, je n'aurais jamais pu implanter notre Ligue ici, à Rocky.

— Certainement, monsieur. »

Et Hannibal, tournant les talons en toute hâte, se précipita hors du bureau.

Lui et Bob savaient fort bien que Peter ne pouvait les toucher tant qu'ils se trouvaient à l'intérieur d'un bâtiment... du moins situé à pareille distance. Ils se dépêchèrent donc de traverser le hall encombré et de déboucher dans la cour ensoleillée. Là, Hannibal repéra un épais buisson, entre la porte et la grille d'entrée, et s'accroupit derrière avec son camarade. Puis il pressa le bouton de son émetteur.

« Ici Détective en chef, lieutenant. Je vous écoute, lieutenant. A vous! »

La voix de Peter s'éleva, assez faible, de l'appareil. Hannibal et Bob se penchèrent pour mieux entendre.

« Ici le Détective adjoint. M'entendez-vous? Répondez, Détective en chef! A vous!

— Détective en chef et Archives et Recherches vous reçoivent. A vous!

— Babal? (La voix de Peter était toute vibrante d'excitation.) Je viens de recevoir une réponse à notre Grand Appel. Un garçon a vu les deux hommes bruns. Leur voiture est parquée Las Palmas Street, près de...

— Hannibal! hurla presque Bob. Ce sont eux! Les voilà! »

Hannibal se releva d'un bond. Automatiquement, ses doigts coupèrent la communication, réduisant Peter au silence. Mais, pour l'instant, ni Bob ni lui-même ne pensaient à Peter. Un des deux hommes bruns, qu'ils recherchaient si activement, se tenait debout à la grille, auprès de leurs bicyclettes. L'autre homme brun, vêtu de blanc comme le premier, se trouvait déjà entre les Détectives et la porte de la maison.

Les deux individus les avaient aperçus. Brandissant d'un air menaçant de terribles couteaux, ils s'avancèrent dans leur direction. Les deux garçons ne pouvaient atteindre leurs vélos. Et la retraite de la maison leur était coupée.

Hannibal n'hésita pas :

« Courons! s'écria-t-il. Droit à la montagne, Bob! »

Chapitre 10

Folle poursuite

A toute allure, les deux garçons atteignirent le coin de la maison qu'ils contournèrent. Surpris par la manœuvre, les hommes bruns s'immobilisèrent un instant. Tout au fond de la cour, près de l'endroit où commençaient les montagnes, la clôture était basse. Hannibal et Bob la franchirent sans prendre le temps de jeter un seul coup d'œil en arrière.

Ils traversèrent ensuite la route au galop et atteignirent le premier versant montagneux. Bob menait le train. Hannibal suivait en soufflant. Ils avaient quelque mal à avancer sur la pente hérissée d'arbustes épineux et de buissons hostiles. Il leur semblait que toute cette végétation, trop maigre pour les cacher, n'était là que pour agripper leurs vêtements et ralentir leur marche. Derrière eux, les hommes bruns, s'étant ressaisis, leur donnaient la chasse en criant.

« Pourquoi hurlent-ils comme ça ? marmonna Bob, haletant.

— Je voudrais bien le savoir, répondit Hannibal en gémissant tant la montée lui semblait rude. Je ne comprends rien à ce qu'ils disent. L'important, c'est de leur échapper !

— Crois-tu que nous y arriverons ?

— Je... l'espère... bien ! » répondit Hannibal, hors d'haleine.

Parvenus en haut du premier escarpement, les deux garçons se retrouvèrent sur un vieux chemin de terre. Ils avaient gagné du terrain sur leurs poursuivants. Invisibles pour l'instant, ils suivirent en courant le chemin de terre. Certes, chaque pas les éloignait de Rocky, du siège de la Ligue Végétarienne et de leurs bicyclettes, mais il leur était impossible d'agir autrement. Cette piste qu'ils longeaient paraissait être leur seule planche de salut.

Soudain, Bob poussa un cri de désespoir :

« Oh, non ! »

Le chemin de terre aboutissait à un ravin profond. Jadis, il avait dû exister un pont permettant d'atteindre l'autre bord. Mais il avait disparu depuis longtemps et la paroi, à pic, interdisait tout espoir de descente. Les garçons, consternés, durent faire halte.

« Impossible de passer sans pont ! constata Bob.

— Ne nous arrêtons pas, conseilla Hannibal. Continuons à grimper. »

Ils reprirent donc leur ascension au flanc de la montagne qui, brûlée par le soleil et poussiéreuse, dominait Rocky. Au-dessous d'eux, ils entendirent des cris. Les deux hommes bruns les avaient repérés et se les montraient mutuellement du doigt. Un instant plus tard, en regardant derrière eux, les fugitifs virent qu'ils grimpaient à leur tour, avec une agilité et une rapidité stupéfiantes.

« Ils gagnent sur nous, Babal! s'écria Bob.

— Monte! Monte! »

Les deux garçons continuèrent donc à monter, brûlés par le soleil et sa réverbération sur la montagne. Leurs mains saignaient, égratignées par les épines et les roches coupantes. Enfin, ils atteignirent un second palier rocheux. Hannibal, qui n'en pouvait plus, se laissa choir dans la poussière. Bob regarda la pente en contrebas.

« Les voilà qui approchent. »

Hannibal poussa un faible grognement.

« Laisse-les venir. Je suis mort. »

Bob mit sa main en visière au-dessus de ses yeux.

« Nous courons plus vite qu'eux, mais ils grimpent plus rapidement que nous. On dirait de vraies chèvres. Hé, dis donc! Je me demande si ce ne sont pas des Yaquali! Les Démons des Falaises! »

Hannibal se mit péniblement debout, stimulé par la perspective d'observer deux Yaquali en action.

« Sans doute parlent-ils yaquali. Pas étonnant que nous n'entendions rien à leur jargon.

— Peu m'importe qu'ils parlent yaquali ou papou, déclara Bob. Une seule chose m'intéresse. Comment nous sortir de ce mauvais pas? Crois-tu que M. Harris ait pu les voir se lancer à nos trousses?

— J'en doute, soupira Hannibal en regardant au loin. Rien ne bouge autour de la maison.

— Si seulement nous pouvions récupérer nos vélos!

— Impossible, mon vieux. Ces maudits bonshommes nous en empêchent. Nous ne pouvons que continuer à fuir.

— Oui, mais où?»

Bob jetait autour de lui des regards désespérés : il n'y avait là que des roches et de maigres buissons. Pas une seule cachette où se terrer. Soudain, ses yeux se mirent à briller.

«Babal! s'écria-t-il. Viens vite! Suis-moi. Je sais où nous sommes. Je crois qu'il y a une chance de nous échapper!»

Il bondit en avant, courant le long de l'étroite corniche sur laquelle ils se trouvaient et qui contournait la montagne. Hannibal, soufflant plus fort que jamais, le suivit aussi vite qu'il le put. Tous deux étaient momentanément hors de vue de leurs poursuivants. Une fois contourné le flanc de la montagne, Bob désigna un épais bosquet de chênes verts. Il s'élevait environ cent mètres plus loin, et formait un îlot de verdure.

«C'est là que tu veux te réfugier? demanda Hannibal, étonné. Ce n'est pas un abri bien fameux.

— Suis-moi!» répéta Bob sans ralentir.

Archives et Recherches se mit à courir droit vers l'écran touffu des arbres. Sans plus discuter, Hannibal se précipita sur ses talons. Bob disparut sous le couvert. Le chef des Détectives plongea à sa suite... mais brusquement il tomba dans le vide : la terre s'était dérobée sous ses pas.

Sa chute fut de courte durée. Il atterrit, assez rudement, tout au fond d'une étroite faille entièrement cachée par les arbres du bosquet. Hors d'haleine et quelque peu meurtri, Hannibal se mit sur son séant, s'épousseta d'un revers de main et foudroya du regard son ami.

«Tu aurais pu m'avertir!

— Excuse-moi. Je n'en ai pas eu le temps... J'ai dégringolé ici un jour où je m'étais lancé sur la piste d'un serpent. Les hommes bruns ne nous dénicheront pas dans ce trou.

— Hum! fit Hannibal qui n'en était pas tellement persuadé.

— Chut! Les voici!» souffla Bob.

Les deux garçons se firent tout petits dans leur cachette. Les broussailles poussant au fond du fossé naturel les dissimulaient assez bien. Bob risqua un coup d'œil entre les feuilles... et frissonna. Leurs poursuivants étaient là, tout près d'eux. Debout l'un à côté de l'autre, ils parlaient avec volubilité, désignant le sous-bois à tour de rôle. Ils ne semblaient pas d'accord.

Hannibal tendit le cou pour glisser à l'oreille de son camarade :

«Ils savent que nous ne sommes pas loin.

— Qu'allons-nous faire?

— Rien. Tenons-nous cois!»

Ils restèrent donc parfaitement immobiles et silencieux. Les hommes bruns ne bougeaient toujours pas dans le bosquet et n'arrêtaient pas de parler. Les deux garçons les entendaient distinctement. Ils ne pouvaient, bien sûr, comprendre ce qu'ils disaient, mais leurs paroles sonnaient de façon menaçante.

Hannibal et Bob en étaient réduits à ronger leur frein, dans l'attente des événements à venir. Soudain, les voix de leurs poursuivants se rapprochèrent. Les branches sèches des buissons d'alentour craquèrent : les hommes bruns étaient à leur recherche.

Hannibal lâcha dans un souffle :

« Ils ne vont pas tarder à nous trouver. Ce n'est qu'une question de minutes. Ils ont deviné que nous devions être par là.

— Ce trou est une bonne cachette. Ils peuvent très bien ne pas nous voir.

— A moins qu'ils ne dégringolent à leur tour. Connais-tu un chemin qui nous permettrait de sortir d'ici sans être repérés ? »

Bob réfléchit rapidement.

« Sur notre gauche, il y a bien un ravin qui conduit à la route proche du siège de la Ligue Végétarienne. Il est relativement praticable. L'ennuyeux, c'est que, pour l'atteindre, il faudra parcourir en terrain découvert les cinquante mètres qui le séparent de l'extrémité de cette faille.

— Cinquante mètres en terrain découvert ? répéta Hannibal dont le cerveau travaillait à toute allure. Dans ce cas, nous créerons une diversion... Quelque chose qui retienne l'attention de ces hommes pendant que nous franchirons la zone dangereuse. Si seulement nous pouvions les attirer ici même tandis que nous filerions...

— Si nous étions ventriloques, fit remarquer Bob, il nous suffirait de projeter notre voix derrière nous. Alors, ils descendraient dans la faille et nous prendrions le large.

— Bob ! Tu viens d'avoir un trait de génie ! s'écria tout bas le chef des Détectives.

— Tu plaisantes. Nous ne sommes malheureusement pas ventriloques. Nous ne pouvons projeter notre voix nulle part.

— Bien sûr que si, voyons! Grâce à la science! Regarde...»

Hannibal prit son walkie-talkie et le posa à terre.

«Nous allons laisser ici un de nos appareils, le bouton du récepteur mis à pleine puissance. Nous nous faufilerons à l'autre bout de la faille et...

— Et nous parlerons dans l'autre walkie-talkie afin qu'ils nous entendent et pensent que nous sommes ici.

— Tout juste, mon vieux! Nous ayant entendus, ils descendront ici pour nous attraper. Le temps qu'ils découvrent le walkie-talkie, nous serons déjà loin. Ils ne sauront plus où nous chercher!»

Sans perdre de temps, Hannibal plaça son walkie-talkie derrière un buisson touffu et maintint le bouton du récepteur enfoncé à l'aide d'une grosse pierre. Puis il s'empara de l'appareil de Bob et fit signe à celui-ci de le suivre. A la queue leu leu, les deux garçons rampèrent au fond de la tranchée. Quand ils furent arrivés à son extrémité, Bob expliqua dans un murmure :

«Vois-tu ce gros arbre, là-bas, au bout de l'espace découvert? C'est là que se trouve le ravin.

— En avant la comédie!» répondit Hannibal en appuyant sur le bouton qui commandait l'émetteur du walkie-talkie qu'il tenait.

S'approchant de l'appareil, il prononça distinctement les mots qui devaient alerter les hommes bruns :

«Bob! Je les entends qui approchent.»

Bob parla à son tour :

«Ils ne nous trouveront pas au fond de ce trou. Nous sommes bien cachés!»

Hannibal, qui écoutait de toutes ses oreilles, entendit la voix de Bob, faible mais très nette, loin derrière eux, au fond de la faille où ils se trouvaient un instant plus tôt. Puis il parla de nouveau dans l'appareil tandis que Bob essayait de voir, entre les broussailles, ce que faisaient leurs poursuivants.

«Ça y est! chuchota Bob. Ils ont entendu! Les voilà qui commencent à descendre!

— Allons-y, mon vieux!»

Les deux garçons jaillirent de la faille et coururent à toute vitesse en direction du gros arbre et du ravin. Arrivés là, ils regardèrent derrière eux. Aucun homme brun en vue! D'un même élan, Hannibal et Bob plongèrent parmi les broussailles qui couvraient la pente du ravin et descendirent celle-ci aussi vite qu'ils le purent. Une fois au fond, ils n'étaient plus qu'à un jet de pierre de la route salvatrice.

Enfin, Bob et Hannibal débouchèrent dans la rue au bord de laquelle se dressait le siège de la Ligue Végétarienne! Leurs poursuivants restaient invisibles.

«Nous ferions bien, dit Hannibal, de prévenir M. Harris que ses deux énergumènes sont de retour.»

Ils sonnèrent à la porte d'entrée. Personne ne leur répondit. Aucun son ne s'élevait de l'intérieur de la maison. C'est en vain qu'ils essayèrent d'ouvrir la porte : elle était fermée à clé.

«M. Harris est déjà certainement parti voir Mlle Sandow, dit Bob.

— Je le pense, en effet, opina Hannibal. Le mieux est de filer d'ici, et vite!»

Les garçons coururent reprendre leurs bicyclettes et se mirent à pédaler bon train. Ils ne ralentirent qu'en arrivant au *Paradis de la Brocante.*

Chapitre 11

Hannibal a des soupçons

Hannibal et Bob n'eurent pas plus tôt poussé le portillon du bric-à-brac que la tante Mathilda fondit sur eux.

« Vous voilà enfin !... Hannibal Jones, es-tu prêt à te rendre chez les Sandow ?

— Oui, tante Mathilda. Mais auparavant, il faut que j'aille chercher quelque chose à mon atelier.

— Dans ce cas, jeune homme, fais vite ! Konrad et ton oncle partent d'ici cinq minutes. »

Les deux garçons entrèrent en coup de vent dans l'atelier et, une fois là, se faufilèrent dans le Tunnel Numéro Deux qui conduisait à leur quartier général. Ils trouvèrent Peter à son poste, auprès du téléphone. En les voyant, le grand garçon s'écria aussitôt :

« Pourquoi avez-vous coupé la communication ? J'étais en train de vous dire quelque chose d'important. Deux jeunes ont téléphoné. Ils avaient repéré la bagnole des hommes bruns dans Las Palmas Street. Et ils ont rappelé un peu plus tard pour préciser que les suspects donnaient la chasse à deux garçons.

— Nous sommes au courant! soupira Bob d'un ton lugubre.

— C'est nous qu'ils poursuivaient», ajouta Hannibal. Il expliqua comment les hommes bruns étaient apparus juste au moment de la communication de Peter et raconta la folle poursuite dans la montagne.

«Ça, alors! s'exclama Peter. Vous avez eu de la veine de leur échapper.

— Hannibal s'est montré plus malin qu'eux», déclara Bob.

Pour une fois, le chef des Détectives ne prit pas le temps de savourer le compliment. Il était bien trop occupé à tirer des plans.

«Si ces deux hommes rôdent ainsi autour du siège de la Ligue Végétarienne, dit-il, c'est évidemment qu'ils mijotent quelque chose. Je crains qu'ils ne songent à attaquer une seconde fois M. Harris. Si celui-ci s'est bien rendu chez Mlle Sandow, je le verrai là-bas tout à l'heure puisque j'accompagne l'oncle Titus au domaine. Je lui dirai ce qui nous est arrivé, à Bob et à moi. Mais il se peut aussi qu'il soit déjà retourné à la Ligue. Dans ce cas, je crois bon que vous alliez là-bas tous les deux pour l'attendre.

— Dis donc, mon vieux, protesta Peter. Je dois rentrer chez moi pour déjeuner.

— Moi aussi, dit Bob.

— D'accord. Allez manger! Mais ensuite, filez à la Ligue et ouvrez l'œil. Si nos deux lascars se montrent de nouveau, surveillez discrètement leurs faits et gestes.

— Mais, Babal, fit remarquer Bob, tu oublies que nous venons tout juste de leur échapper!»

Hannibal écarta l'objection d'un geste désinvolte.

«Je suis certain que ces deux zèbres sont sur quelque chose d'important. A mon avis, ils peuvent nous conduire au trésor des Chumash. Vous n'avez qu'à être prudents et rester cachés.

— Ça, mon vieux, tu n'as pas besoin de nous le recommander, dit Peter.

— Penses-tu que ces deux hommes soient des Yaquali? demanda Bob.

— C'est assez vraisemblable, déclara Hannibal. Je pense qu'ils sont peu ou prou au courant de l'existence du trésor chumash. Il est même possible qu'ils aient compris le sens des dernières paroles de Grand-Cerveau.

— Je préférerais que ce soit moi, avoua Peter.

— Et moi donc, soupira Hannibal. Elles doivent certainement contenir une indication quant au lieu où se trouve le fameux trésor... "*dans l'œil du ciel, là où aucun homme ne pourra le trouver*". Il faut à tout prix que nous éclaircissions l'énigme.

— Mais, Babal, si vraiment ces hommes ont compris la signification des mots prononcés par Grand-Cerveau, pourquoi sont-ils encore en train de chercher?

— Je ne sais pas», avoua le chef des Détectives en se mordant la lèvre.

La voix de la tante Mathilda s'éleva, appelant à la cantonade :

«Hannibal Jones! Où te caches-tu?

— N'oubliez pas! rappela celui-ci à ses camarades. Allez à la Ligue, prévenez M. Harris et voyez si vous pouvez repérer les hommes bruns!... sans vous montrer, bien entendu. Et que tout ça ne vous empêche pas de méditer sur les dernières paroles de Grand-Cerveau. »

Bob et Peter, résignés, acquiescèrent. Hannibal quitta à la hâte la caravane. Konrad et l'oncle Titus l'attendaient déjà dans la cour, avec la camionnette. Tante Mathilda leur tendit un panier pique-nique abondamment garni. Le chef des Détectives sauta dans le véhicule et Konrad démarra.

L'oncle d'Hannibal — un petit homme dont la lèvre supérieure s'ornait d'une énorme moustache — était un brocanteur assez singulier. Il achetait tout ce qui lui plaisait, moins pour le profit qu'il pouvait en retirer que pour sa satisfaction personnelle.

Très vite, la camionnette laissa Rocky derrière elle pour attaquer la route raide, en lacet, qui conduisait au domaine Sandow. La grille du parc était ouverte. Konrad entra donc directement pour ne s'arrêter que devant la grange.

L'oncle Titus sauta à terre aussi lestement que son neveu. Il avait hâte de voir le « butin » qu'il comptait ramener au *Paradis de la Brocante.* Ils se dirigeaient vers la porte de la grange quand Mlle Sandow sortit de la grande maison.

« Ah! dit-elle aimablement. Vous devez être Titus Jones. Ravie de faire votre connaissance. J'espère que vous trouverez ici des articles qui vous intéresseront. Il n'y a que trop longtemps que j'entasse ici d'innombrables vieilleries.

— Mais oui, madame. Nous ferons certainement affaire! répondit l'oncle Titus en s'inclinant courtoisement et en mettant, d'un gracieux mouvement de tête, sa belle moustache en valeur. Vous êtes bien décidée à vous séparer de tout?

— Grand Dieu, oui! J'ai bonne envie de faire place nette. Depuis que mon neveu Théodore est ici, il me semble prendre un intérêt nouveau au domaine. Je souhaite remettre de l'ordre un peu partout.

— Alors, si vous voulez m'accompagner, mademoiselle, je vais faire le tri de ce que je désire acheter.»

Mlle Sandow sourit et précéda l'oncle Titus et Konrad dans la grange. Hannibal fit exprès de rester en arrière puis, quand ils eurent disparu, s'approcha de la maison, dans l'espoir d'y trouver M. Harris.

Ted surgit brusquement à ses côtés.

«Es-tu en train de chercher quelque chose, Hannibal? demanda-t-il vivement.

— Plus ou moins, Ted, répondit le chef des Détectives. Je désire parler à M. Harris.

— Il est dans la bibliothèque.»

Les deux garçons entrèrent dans la villa. Ils trouvèrent le président de la Ligue Végétarienne en train de parcourir la gazette de Rocky. A la vue d'Hannibal, il se leva pour l'accueillir.

«Ted m'a rapporté l'entretien qu'il a eu avec vous hier soir, commença-t-il sans préambule. Je vous dois des excuses. Croyez que je regrette vivement de vous avoir soupçonnés plus ou moins du vol de la statuette. C'est parce que nous pensions que vous aviez l'objet que nous avons jugé habile de vous offrir une récompense si vous la rapportiez.

— Je comprends, monsieur, répondit Hannibal calmement.

— J'en suis heureux, mon garçon. Et maintenant, dites-moi exactement ce qui est arrivé à cette statuette. »

Cette fois, Hannibal ne cacha rien. Il raconta à M. Harris que Bob et Peter avaient entendu un appel au secours provenant du parc du domaine et comment la petite statue du Peau-Rouge souriant était venue atterrir à leurs pieds après avoir été jetée par-dessus le mur de clôture.

M. Harris écoutait avec la plus extrême attention, se contentant de froncer les sourcils de temps à autre. Quand Hannibal en arriva à l'ombre au rire diabolique, Ted poussa une exclamation de stupeur :

« Une ombre qui rit ? Voilà qui est étrange. Je crois bien avoir moi-même entendu un rire bizarre, la nuit dernière.

— Vous êtes bien certain de cette ombre qui rit, Hannibal ? demanda M. Harris. Ce rire... ce n'était pas un effet du vent... ou de la trop grande imagination de vos camarades ?

— Non, monsieur. Il y a vraiment une ombre, au rire de dément, qui se promène dans le parc, assura le chef des Détectives. Et je crois que, quelle que soit son identité, elle détient des prisonniers ici même.

— Tu en es sûr, Hannibal ? dit Ted, ahuri. Des prisonniers ? Ça, alors !

— Mais pourquoi, Hannibal ? s'exclama à son tour M. Harris. De quoi s'agit-il en fin de compte ?

— Du trésor chumash, monsieur.

— Le... quoi ? »

M. Harris semblait, pour le coup, complètement abasourdi.

« Il s'agit d'un fabuleux trésor en or ! »

Là-dessus, Hannibal relata tout ce que les Détectives avaient appris concernant les légendaires richesses des Chumash. M. Harris et Ted écoutaient, bouche bée. Quand Hannibal eut fini, le président de la Ligue Végétarienne sourit.

« Je vois, dit-il. Je ne puis vous affirmer que je crois une telle légende... les derniers mots prononcés par Grand-Cerveau et tout le reste... mais je vous accorde qu'il se peut, en effet, qu'une bande de truands y ajoutent foi. Et ces bandits peuvent être dangereux. Voilà pourquoi j'estime que vous ne devriez pas vous mêler de débrouiller une histoire aussi inquiétante.

— S'il te plaît, Hannibal, voudrais-tu répéter les dernières paroles prononcées par le vieil Indien ? demanda Ted.

— Volontiers ! En gros, il a déclaré que le trésor était " *dans l'œil du ciel, là où aucun homme ne pourrait le trouver* ".

— Bon sang ! Qu'est-ce que ça peut bien vouloir dire ? marmonna Ted. Et quel rapport avec la statuette de tante Sarah ? Au fait, où se trouvent les prisonniers dont tu parles ? A quel endroit au juste de la propriété ? »

Avant qu'Hannibal ait eu le temps de répondre, on entendit Mlle Sandow appeler du dehors :

« Théodore ! Peux-tu venir un instant ? J'ai besoin de toi. Où es-tu, Théodore ? »

Ted se précipita pour répondre à l'appel de sa tante. Dès qu'il fut sorti, Hannibal se tourna vers M. Harris.

« Monsieur, dit-il vivement, je sais que

l'ombre qui rit est bien réelle parce que je l'ai entendue moi-même! Et je sais qu'il y a des prisonniers dans le domaine parce que la statuette lancée par-dessus le mur contenait un message.

— Un message? répéta M. Harris d'un air intéressé. Vous voulez dire... à l'intérieur de la statuette?

— Exactement. Un appel au secours.

— En avez-vous parlé à la police?

— Non, monsieur. Nous n'avions pas assez de précisions à lui fournir.

— Je vois.»

M. Harris médita un instant en silence. Il semblait considérer le problème sous toutes ses faces.

«Quand avez-vous entendu l'ombre qui rit? demanda-t-il enfin.

— Hier soir, juste avant de rencontrer Ted.»

Hannibal rapporta fidèlement l'aventure qu'il avait vécue la veille en compagnie de Peter.

«Cette maison forestière... ces silhouettes sans tête... voyons, qu'en pensez-vous au juste, Hannibal?

— Je crois que ces quatre étranges silhouettes étaient des prisonniers avec la tête dans des sacs... pour les empêcher de se rendre compte où ils étaient, vous comprenez. C'est pour cela qu'ils paraissaient n'avoir pas de tête.

— Voyons, voyons! s'écria M. Harris. Quatre prisonniers dans la maison forestière? Enfermés là par cette mystérieuse ombre qui rit! Incroyable! Comment de telles choses pourraient-elles se produire sous le nez de Mlle Sandow?

— Que savez-vous en réalité au sujet de Ted

Sandow ?» demanda Hannibal de la façon la plus imprévue.

M. Harris sursauta et parut stupéfait.

« Ted ? Vous croyez que Ted est impliqué dans cette affaire ? Ma parole, il faut que j'aille au fond de cette histoire. Venez, Hannibal ! Nous allons jeter un coup d'œil à la maison des bois. »

M. Harris se dirigea vers un bureau et ouvrit un tiroir. Quand il se retourna, il tenait un pistolet à la main.

Chapitre 12

« Appelez la police ! »

C'est d'un air calme et résolu que M. Harris précéda Hannibal sur le chemin forestier conduisant au pavillon suspect. Tous deux avançaient en silence à l'ombre des grands arbres. L'arme ne tremblait pas dans la main du président de la Ligue Végétarienne. On devinait que cet homme, apparemment pacifique, n'hésiterait pas à s'en servir si besoin était.

Soudain, il demanda à voix basse :

« Croyez-vous, Hannibal, que les deux hommes bruns qui vous ont attaqués et qui vous ont volé la statuette sont les mêmes que ceux qui m'ont sauté dessus pendant ma conférence ?

— Je le pense, en effet, monsieur.

— Si vous ne vous trompez pas, il se peut fort bien aussi que ce soit eux qui gardent des gens prisonniers dans la maison forestière. N'approchons celle-ci qu'avec mille précautions ! »

Hannibal hocha la tête.

« Ils ne doivent plus y être à l'heure qu'il

est... surtout si l'ombre nous a aperçus hier soir, Peter et moi.

— Ce n'est pas certain. Il faut vérifier. Si ces gens sont assez hardis pour retenir d'autres captifs dans les limites du domaine, ce n'est pas deux jeunes garçons comme vous qui les effraieront. Ce que je ne comprends pas, c'est à quoi ces prisonniers peuvent bien leur servir.

— Je n'en sais pas plus que vous, monsieur, avoua Hannibal d'un air malheureux. Peut-être les prisonniers sont-ils les seuls à connaître le secret de la cachette du trésor chumash. Dans ce cas, les hommes bruns et l'ombre qui rit cherchent à le leur faire avouer.

— C'est en effet la solution qui paraît s'imposer. Ah! si nous pouvions prendre ces misérables la main dans le sac!»

Tous deux continuèrent à cheminer aussi silencieusement qu'ils le pouvaient à l'ombre des grands arbres. Ils atteignirent enfin l'endroit où un sentier plus étroit conduisait au petit vallon en forme de coupe. Il n'y avait plus trace de la camionnette devant la maison forestière. Au grand jour, d'ailleurs, celle-ci semblait beaucoup moins mystérieuse.

M. Harris fit signe à Hannibal de se tapir près d'un arbre et de ne pas bouger. Lui-même poursuivit sa route en redoublant de précautions. Hannibal, qui avait une excellente vue, étudia de loin le pavillon. Aucun signe de vie ne s'y manifestait. Les volets des fenêtres étaient ouverts. De même la porte d'entrée. Hannibal fut alors plus que jamais convaincu que la maison était déserte.

M. Harris, entre-temps, avait ralenti l'allure. Il continua à se couler silencieusement à travers les arbres jusqu'à ce qu'il eût atteint un espace découvert, à l'orée du bois. Il s'arrêta alors pour examiner le pavillon. Contraint à l'immobilité, Hannibal résistait mal à l'inaction. Pour une des rares fois de sa vie, il devait se contenter d'observer.

Soudain, M. Harris quitta le couvert et courut à un coin de la maisonnette, son pistolet à la main. Hannibal le vit regarder à travers l'une des fenêtres.

Au bout d'un moment, M. Harris abandonna la fenêtre pour courir à la porte. Il disparut. Trépignant presque d'impatience, Hannibal attendit. Il ne voyait plus rien mais entendait du bruit à l'intérieur du pavillon. Enfin, M. Harris parut sur le seuil et, agitant la main dans sa direction, lui fit signe de venir le rejoindre.

Le chef des Détectives ne se fit pas prier.

« La maison est vide, mon garçon! J'ai regardé partout. Il n'y a plus personne ici pour l'instant mais j'ai relevé des signes du passage de ces bandits. Venez voir! »

M. Harris montra à Hannibal une paire de pantalons blancs, faits d'une étoffe visiblement tissée à la main, et semblables à ceux portés par les deux hommes bruns.

« C'est du travail artisanal... vraisemblablement indien. On dirait bien que les deux hommes bruns ont séjourné ici. Et la camionnette que vous avez vue n'était pas un mirage. J'ai remarqué une grosse tache d'huile sur le chemin. Sèche, cependant. Le véhicule n'est pas resté longtemps sur place.

— Où ont-ils bien pu aller? demanda Hannibal. N'y a-t-il aucun indice?

— Je n'en ai trouvé aucun, mais rien ne nous empêche d'y regarder de plus près. Vous avez l'habitude de cette sorte de chose. Peut-être serez-vous plus heureux que moi. »

Tous deux pénétrèrent à l'intérieur de la maison forestière. Hannibal regarda autour de lui. Il était clair que les hommes qu'il avait vus la veille au soir avaient quitté les lieux en toute hâte. Des bouteilles vides jonchaient les tables. Celles-ci portaient encore les reliefs d'un repas, qui avaient séché et durci dans les assiettes. Oui, tout cela trahissait un départ précipité. Mais rien, hélas, ne permettait de deviner vers quel lieu les bandits s'étaient envolés.

« Je crois que nous ne pouvons rien apprendre de plus, déclara Hannibal en soupirant. Cependant, à mon avis, ces gens-là n'ont pas quitté le domaine. »

M. Harris secoua la tête.

« Je ne suis pas de votre avis. Mais, même s'il en était ainsi, autant chercher une aiguille dans une botte de foin. Le domaine est terriblement vaste. Et, pour les huit dixièmes, il s'étend dans la montagne. Je crois plutôt ces misérables partis bien loin d'ici. Contrairement à ce que j'avançais tout à l'heure, ils ont dû prendre peur en voyant que vous les aviez suivis. Votre arrivée les a obligés à changer leurs plans. Ils se sont enfuis.

— Je ne pense pas, monsieur, insista Hannibal. Je suis persuadé qu'ils n'abandonneront pas si vite la partie. Ils continuent à chercher quelque chose... quelque chose qu'ils veulent à tout prix. Ils nous ont poursuivis, Bob et moi, ce matin, quand nous sommes sortis de chez vous.

— Ils vous ont poursuivis ? En sortant de chez

moi ? répéta M. Harris stupéfait. Mais que pouvaient-ils donc vous vouloir ?

— Ce n'est pas nous qu'ils cherchaient, monsieur, mais vous. C'est de vous qu'ils veulent obtenir quelque chose ! »

M. Harris semblait tomber de la lune.

« De moi ? Que diable pourrais-je bien leur donner ?

— Il y a certainement quelque chose qu'ils veulent, monsieur. Après nous avoir volé l'amulette, rappelez-vous qu'ils vous ont attaqué au beau milieu de votre conférence. Et aujourd'hui, juste comme nous vous quittions, ils nous ont pris en chasse. Sans doute s'imaginent-ils que vous nous aviez remis un objet quelconque.

— Grand Dieu ! s'écria M. Harris. J'y suis !... L'autre statuette ! Je l'ai emportée chez moi pour la mettre en lieu sûr, le jour même où la première a été volée. J'ai insisté pour que Mlle Sandow me la confie. Sapristi ! Je l'avais complètement oubliée. Bien sûr, ces misérables veulent les deux amulettes. »

Hannibal fit un signe d'assentiment.

« Sans doute leur faut-il la paire pour déterminer où se trouve le trésor.

— Sans doute, en effet, acquiesça M. Harris. Ce que je ne comprends pas, c'est comment ces hommes ont pu savoir que la seconde statuette était dans mon bureau.

— Ils ont dû vous voir l'y emporter.

— Impossible. Elle était dans une petite boîte au fond de ma poche. Et ils n'ont pas davantage pu me la voir déposer dans mon coffre. Les murs de mon bureau ne sont pas transparents.

— Un de vos assistants aurait pu les renseigner, suggéra Hannibal.

— Oh, non! ce sont de vieux amis en qui j'ai toute confiance. Du reste, ils ignorent tout de la statuette.»

Hannibal ne cessait de se mordiller la lèvre, ce qui, chez lui, trahissait une intense concentration.

«Essayons de faire le point, monsieur. Mlle Sandow était au courant. Cela fait une personne...

— Voyons, voyons, Hannibal! protesta M. Harris. Sarah Sandow ne peut avoir partie liée avec les voleurs. Même si elle voulait participer à la course au trésor, elle possédait déjà les deux amulettes. Et elle et Ted sont les seuls à...»

Hannibal lui coupa vivement la parole.

«Ted?... Il était donc au courant, lui aussi?»

M. Harris demeura un moment immobile, la bouche grande ouverte. Puis il la referma lentement. Enfin, il recouvra l'usage de la parole.

«Ecoutez, Hannibal. Voilà qui pourrait être très sérieux. Pauvre Mlle Sandow!... Si Ted est impliqué dans cette vilaine affaire... cela risque de lui briser le cœur.

— Ted se trouvait à la grille le soir où Bob et Peter ont trouvé la première amulette, rappela Hannibal. Et il était également dehors dans le parc la nuit dernière. Etes-vous sûr de bien le connaître, monsieur?

— Hélas, non! Je le connais même assez peu. Nous nous sommes rencontrés en Angleterre, alors qu'il se rendait ici. J'étais moi-même en route pour Los Angeles. Quand il m'a raconté que sa tante était végétarienne, j'ai décidé de venir la voir pour essayer de m'en faire une alliée...»

Il s'arrêta brusquement et considéra Hannibal d'un air sombre.

«Je crois que le mieux est d'aller poser des questions au jeune Ted... et sans tarder, encore!»

Hannibal dut trotter dans le sillage de M. Harris tant celui-ci se mit à marcher vite. Ils trouvèrent Konrad et l'oncle Titus en train de charger la camionnette. Au moment où le président de la Ligue Végétarienne entrait dans la villa, l'oncle Titus aperçut Hannibal.

«C'est maintenant que tu arrives, jeune vaurien! Es-tu venu ici pour travailler ou pour te tourner les pouces?»

A contrecœur, Hannibal dut se mettre à la tâche. Avec Konrad, il transporta une antique armoire sculptée de la grange à la camionnette. Tout en s'activant, il jetait de temps en temps un coup d'œil à la grande maison. Il lui semblait que M. Harris y était entré depuis un siècle. Pourtant, il ne s'était écoulé que quelques minutes quand le président de la Ligue Végétarienne reparut.

«Ted est parti je ne sais où, expliqua-t-il. Je crois que je ferais mieux de retourner à mon bureau.

— Si Ted est allé là-bas, dit Hannibal en souriant, Bob et Peter, qui sont sur place pour surveiller les environs, l'auront sûrement aperçu.»

M. Harris parut pétrifié.

«Quoi?

— Je les ai chargés d'ouvrir l'œil au cas où les hommes bruns reviendraient.

— Hannibal!» M. Harris était devenu tout

pâle. « La seconde amulette est toujours dans mon coffre. Si vos deux amis commettent quelque imprudence, ils peuvent courir de graves dangers. Je vais me rendre là-bas sur-le-champ. Votre oncle a presque terminé son chargement. Dès que vous serez de retour à Rocky, alertez la police. »

Sur ces paroles, M. Harris tourna les talons en toute hâte, sauta au volant de sa voiture et démarra sur les chapeaux de roues.

Chapitre 13

Pris au piège!

Leur déjeuner expédié, Bob et Peter se retrouvèrent à leur quartier général. Ils constatèrent que l'enregistreur téléphonique était vierge de tout message et partirent aussitôt accomplir la mission dont leur chef les avait chargés.

Ils abordèrent avec précaution le siège de la Ligue Végétarienne, attentifs au moindre signe qui aurait pu trahir la présence des hommes bruns. Mais la grande maison gothique et ses alentours immédiats semblaient déserts. La voiture de M. Harris n'était pas là et la porte d'entrée se révéla fermée à clé.

« M. Harris doit être au domaine Sandow, dit Peter.

— Dans ce cas, Hannibal lui aura parlé, répliqua Bob. Mais nous devons rester ici. On ne sait jamais : ces maudits bonshommes sont bien capables de revenir. »

Les deux garçons avisèrent, juste de l'autre côté de la rue, et presque en face du siège de la Ligue, une étroite venelle qui séparait deux maisons silencieuses. Ils décidèrent de s'y réfugier avec leurs bicyclettes et d'attendre les événements. Les flancs pelés de la montagne, où les hommes bruns avaient donné la chasse à Bob et à Hannibal, brûlaient sous le soleil. La chaleur était presque palpable. Rien ne bougeait alentour. Seul, un vautour affamé planait haut dans le ciel. Peter le considéra d'un œil inquiet.

« J'espère que ce charognard n'a pas des vues sur nous ! grogna-t-il. La sale bête !

— Les vautours sont des animaux très utiles, fit remarquer Bob. Ils aident à conserver à la nature son équilibre. Ils nettoient le désert en dévorant des pourritures et ont, de ce fait, une action très salubre. Ils sont aussi inoffensifs pour l'homme qu'ils lui sont nécessaires.

— Eh bien, moi, je me passerais parfaitement d'eux, affirma Peter. Je préfère ne pas savoir ce qui trotte actuellement dans la tête de celui-ci. »

Durant plus d'une heure, rien ne troubla la quiétude de la rue : pas même un véhicule. Peter sentait croître son impatience. A la fin, il se mit à jouer avec les petits cailloux de la ruelle. Puis il étira ses longues jambes qui commençaient à s'engourdir et bougonna :

« Ce n'est pas drôle tous les jours d'être détective. Je n'aime pas du tout ce genre de besogne : attendre et guetter sans rien faire d'autre !

— D'après Hannibal, c'est primordial, tu sais ! Les véritables limiers surveillent parfois le même lieu des semaines durant.

— Eh bien, très peu pour moi ! répliqua Peter avec un gémissement d'impatience. Pourquoi Babal s'imagine-t-il que ces diables bruns vont reparaître ?

— Je crois qu'il les soupçonne de vouloir quelque chose que M. Harris possède : un autre indice susceptible de conduire au trésor.

— Dans ce cas, ils peuvent arriver n'importe quand, dit Peter en reprenant son guet avec un regain d'intérêt.

— Hé oui, mon vieux! Voilà pourquoi il est si important de rester attentif et d'ouvrir l'œil.»

Soudain, de l'autre côté de la rue brûlante, un appel étouffé leur parvint.

«A l'aide, quelqu'un! A l'aide!»

Quoique faible, l'appel s'élevait, distinct dans le silence environnant.

«Au secours! Au secours!»

Peter souffla à Bob :

«Ça vient de la Ligue. De derrière, dirait-on.

— Peut-être M. Harris est-il enfermé à l'intérieur, suggéra Archives et Recherches. Les bandits l'auront attaqué de nouveau!»

Les deux garçons hésitèrent. Si les hommes bruns se trouvaient dans les parages, le fait d'intervenir pouvait les mettre en grand danger. D'autre part, si M. Harris était réellement prisonnier, leur devoir les obligeait à voler à son secours.

«Que décidons-nous? chuchota Peter.

— Le mieux est d'aller jeter un coup d'œil... en usant de beaucoup de prudence. Mais si nous nous trouvons nez à nez avec les diables bruns, alors, nous filerons à toutes jambes.»

Bob et Peter traversèrent la rue après s'être assurés qu'il n'y avait personne. Sachant déjà que la porte de la façade était fermée, ils contournèrent la maison pour essayer l'entrée de service.

« Elle est ouverte », murmura Peter en sentant le bouton tourner entre ses doigts.

Il poussa le battant. Tous deux entrèrent et suivirent un corridor obscur jusqu'à l'ancienne cuisine de la vieille maison. La pièce était nue et sans mystère. Ils continuèrent d'avancer, franchirent une autre porte et débouchèrent dans le hall d'entrée. Ils s'arrêtèrent, goûtant la fraîcheur de sa pénombre.

« On n'entend rien, souffla Bob.

— Je suis pourtant certain que l'appel venait d'ici, insista Peter. Voyons un peu le bureau. »

Vigilants, ils se glissèrent dans la pièce, vide et silencieuse elle aussi. Bob désigna du doigt un placard. A pas de loup, les deux garçons s'en approchèrent et tendirent l'oreille pendant une bonne minute. Le silence persistait. Vivement, Bob tira à lui la porte du placard tandis que Peter brandissait un lourd presse-papiers pris sur le bureau de M. Harris.

Le réduit était vide.

« Cet appel au secours est bien venu de quelque part ! dit Peter.

— Peut-être M. Harris s'est-il évanoui après avoir crié, suggéra Bob. On a pu l'enfermer dans un endroit où il manque d'air.

— Nom d'un chien, c'est bien possible, s'écria Peter. Dépêchons-nous de regarder partout ! »

Rapidement, les deux amis entreprirent de fouiller les pièces du rez-de-chaussée. Ne trouvant rien, ils montèrent au premier. Il y avait là une vaste salle, faite de trois pièces plus petites dont on avait abattu les cloisons. A une extrémité se dressait une estrade. C'était sans aucun doute là que M. Harris avait été agressé, alors qu'il faisait sa conférence.

« A l'aide! Au secours! »

L'appel, cette fois, pouvait être localisé : il venait de l'étage au-dessus.

« Montons vite! » s'écria Bob.

Peter s'élançait déjà. L'un derrière l'autre, les deux garçons gravirent l'escalier.

Le second étage n'était guère éclairé. Les volets des fenêtres, fermés, ne laissaient filtrer qu'une lumière parcimonieuse. Une épaisse couche de poussière recouvrait des piles de planches. Les portes de toutes les pièces donnant sur l'étroit corridor central étaient ouvertes. Les garçons s'immobilisèrent pour écouter.

Brusquement, une série de coups sourds leur parvint de l'autre bout du corridor. Peter ramassa une planche et, suivi de Bob, se mit résolument en marche. La pièce au bout du couloir était absolument vide. Les Détectives restèrent un moment sur place, attendant de nouveaux bruits ou un nouveau cri. Soudain, Bob aperçut une petite porte tout au fond de la pièce.

« Là-bas, Peter! »

Les deux garçons s'approchèrent de la porte close. Archives et Recherches essaya de l'ouvrir tandis que Peter restait sur le qui-vive, sa planche à la main, prêt à repousser tout assaillant éventuel.

« Ce truc est fermé à clé, grommela Bob. Il faudrait l'enfoncer... »

Il fut interrompu par le bruit de la porte du couloir qui claquait derrière eux. Ils se retournèrent vivement, les yeux ronds de surprise. Peter brandit son arme improvisée. Mais personne n'était entré. Une main inconnue s'était contentée de fermer la porte.

« Peter ! » cria brusquement Bob, alarmé.

Il avait surpris un autre bruit : celui d'une clé que l'on tournait dans la serrure, à l'extérieur. Un éclat de rire s'éleva derrière le battant, tandis qu'une voix familière mais détestée les narguait :

« Alors, mes petits, vous voilà coincés, pas vrai ? »

La voix de Skinny Norris !

Bob et Peter se ruèrent sur la porte mais, bien entendu, ne purent réussir à l'ouvrir. Et c'est en vain que Peter tira et poussa le battant. Il était en bois solide et ne bougea pas d'un pouce.

« Skinny Norris ! hurla Bob, furieux. Laisse-nous sortir d'ici !

— Si tu ne nous délivres pas, menaça à son tour Peter, tu recevras une sérieuse volée quand je te rattraperai.

— Attrape-moi si tu peux ! riposta Skinny, bien à l'abri derrière la porte. Je me propose de vous laisser mijoter ici tous les deux. Ça vous apprendra ! Je regrette seulement que le gros Jones ne soit pas avec vous ! J'aurais bien ri en l'imaginant en train de se démener pour s'échapper.

— Tu n'oserais pas parler comme ça si Hannibal était avec nous ! répondit Bob, hors de lui.

— Ferme ton bec, Bob Andy ! » cria Skinny, furieux à son tour.

L'envieux garçon ne pouvait souffrir qu'on soulignât l'ascendant qu'Hannibal avait incontestablement sur lui.

« Je ne me tairai pas, continua Bob. Et je te

prédis même que tu vas t'attirer des histoires en agissant comme tu le fais. Te rends-tu compte de la portée de tes actes?

— Parfaitement! Je suis tout simplement en train de défendre une propriété privée, mes amis! Je passais dans la rue quand j'ai entendu des bruits suspects venant de cette maison. Alors, je suis entré et... qu'ai-je découvert? Deux voleurs que j'ai pincés sur le fait.

— Tu es dingue, mon vieux! cria Peter. Personne ne te croira.

— Non? La porte d'entrée était fermée et son propriétaire absent. Si vos intentions étaient pures, pourquoi vous être faufilés à l'intérieur par l'entrée de service? Il y a une éternité que je surveille le bric-à-brac de l'oncle de votre gros chef... depuis bien avant que Ted Sandow ne vienne vous trouver. Je savais qu'un jour ou l'autre je vous pincerais!»

Bob gronda.

«Skinny! M. Harris sait que nous sommes ici. Nous travaillons pour le compte de Mlle Sandow.

— Ne me raconte pas d'histoires! répliqua Skinny. Ted Sandow m'a expliqué qu'il cherchait à récupérer une statuette de valeur et je parie n'importe quoi qu'il vous soupçonne de l'avoir dérobée.

— Tu te trompes, mon vieux! s'écria Peter. Ça, c'était bien avant que nous n'ayons un entretien sérieux avec Ted. En fait, c'est lui qui nous a engagés. Il espère que nous remettrons la main sur la statuette. Pourquoi faut-il que tu essaies toujours de paraître plus intelligent qu'Hannibal?

— Parce que je le suis. Ce pauvre type a plus

de graisse que d'esprit. Et puis, s'il est si malin que ça, qu'il vienne donc vous délivrer ! Moi, je m'en vais. Salut, les gars ! »

Bob échangea avec Peter un regard désespéré, puis tendit l'oreille. On entendait déjà Skinny descendre l'escalier. Un instant plus tard, la porte de service se refermait derrière lui avec un claquement sec.

Consterné, Bob s'éloigna de la porte et regarda de nouveau Peter, aussi désemparé que lui.

« Nous sommes dans de sales draps ! soupira le lieutenant d'Hannibal. Les fenêtres sont garnies de barreaux et la porte est solide.

— Cette maison est ancienne, suggéra Bob avec un regain d'espoir. Si nous nous attaquions aux murs ou au plancher ? Nous trouverons peut-être un point faible... une latte mal jointée ou quelque chose dans ce genre. »

Peter n'y croyait guère. Néanmoins il se chargea d'examiner le plancher tandis que Bob sondait les murs. Hélas ! aucune latte n'avait de jeu.

« Et les murs, eux, sont durs comme du roc, constata Bob tristement.

— De toute façon, assura Peter, Hannibal ou M. Harris ne tarderont pas à arriver.

— Et nos vélos sont restés dans la ruelle. Babal ne manquera pas de les remarquer.

— Surtout qu'il sait que nous sommes dans les parages. »

Les deux garçons se sourirent, mais le cœur n'y était pas. Chacun avait cherché à réconforter l'autre et à se persuader lui-même que la délivrance était proche.

Du temps passa. Hannibal ne venait pas.

« Même si notre chef est retenu quelque part,

risqua Bob au bout d'un long moment, tu peux être sûr que M. Harris va arriver d'un instant à l'autre.

— Qu'en sais-tu? répliqua Peter d'un air sombre. Il peut très bien rester absent jusqu'à demain.

— Il faut absolument sortir de là!» décida Archives et Recherches.

De nouveau, les jeunes détectives explorèrent avec soin leur prison... sans beaucoup d'espoir, il faut le dire. Ils étaient bel et bien pris au piège... et par cet odieux Skinny Norris, encore!

Soudain, Peter poussa un cri de joie :

«Bob! Regarde! La porte! Elle s'ouvre en dedans. Les gonds sont de notre côté.

— Chic! Nous allons essayer de retirer les petites tiges de fer qui les maintiennent en place.

— Et nous y arriverons, tu vas voir! Skinny est idiot de n'avoir pas prévu ça.

— L'ennuyeux, fit remarquer Bob en se rembrunissant, c'est que nous n'avons pas d'outils.

— Oh, que si, nous en avons!» déclara Peter, rayonnant.

Il tira de sa poche son solide couteau de scout multilame et se mit sur-le-champ au travail. Les tiges métalliques fixant les gonds étaient recouvertes d'une vieille couche de peinture. Peter commença par la gratter, ce qui ne fut pas un mince travail. Après avoir beaucoup transpiré, il y réussit cependant. Puis il s'attaqua aux tiges elles-mêmes.

Debout à côté de son camarade, Bob ne pouvait guère l'aider. Il se contentait de surveiller la besogne en dissimulant son impatience.

Enfin, la dernière fixation fut retirée. Sur les

conseils de Peter, Bob empoigna le gond supérieur. Peter, de son côté, attrapa le gond du bas. Ils comptèrent jusqu'à trois et, conjuguant leurs efforts, soulevèrent la porte. Celle-ci bascula vers l'intérieur. Son poids arracha la serrure. Le battant dégringola sur le plancher avec un bruit sourd.

D'un même élan, les deux garçons franchirent le seuil et se précipitèrent vers l'escalier.

D'en bas leur parvint brusquement le bruit de pas pesants. Ils s'arrêtèrent, interdits.

Quelqu'un montait.

Chapitre 14

L'intuition d'Hannibal

Après le départ précipité de M. Harris, Hannibal s'était activé fiévreusement pour terminer au plus tôt le chargement de la camionnette de son oncle. Celui-ci ne pouvait qu'admirer le zèle de son neveu, sans en deviner la cause profonde. En fait, le chef des Détectives prenait au sérieux les inquiétudes de M. Harris au sujet de Bob et de Peter. Certes, les deux garçons étaient assez grands pour veiller au grain ! Mais savait-on jamais ? Ils pouvaient quand même se trouver en danger.

Hannibal était impatient d'entrer en contact avec Reynolds, le chef de la police.

La camionnette enfin chargée, il sauta dans la cabine, attendant le départ. Mlle Sandow sortit de la villa pour parler à l'oncle Titus.

« Monsieur Jones, dit-elle sans souci de cacher sa curiosité, je n'arrive pas à imaginer ce que vous allez faire de tout ce fatras ?

— Ne vous tracassez pas, madame, dit l'oncle

Titus en donnant un pli conquérant à son énorme moustache. Je le revendrai avec profit, j'en suis certain. A présent, faisons nos comptes, voulez-vous ?

— Grand Dieu ! Je voudrais bien que Ted soit là. Je n'ai aucune notion du prix des choses. Et puis, vos jeunes gens semblent avoir rendu Ted si heureux que j'ai idée que je devrais vous laisser tout le lot gracieusement... surtout si ces trois garçons retrouvent ma statuette.

— Votre statuette ? »

L'oncle Titus semblait intrigué. Hannibal retint sa respiration. Il savait, par expérience, que son oncle ne voyait pas toujours d'un bon œil les Détectives mener une enquête. Cette fois, cependant, le petit homme était si content de ce qu'il emportait qu'il préféra ne pas approfondir.

Il répondit simplement :

« Ma foi, ces garçons ont en général du flair pour récupérer les objets perdus. Et maintenant, reparlons de ce que je vous dois, madame. »

Hannibal avait tellement hâte de partir qu'il ne cessait de se mordiller les lèvres. Enfin, l'oncle Titus régla ses comptes et la camionnette quitta le domaine des Sandow pour prendre le chemin de Rocky. Konrad conduisait rapidement, à son habitude. On eut vite rallié le *Paradis de la Brocante.* Hannibal sauta à terre et courut à son quartier général. La tante Mathilda et l'oncle Titus étaient bien trop enchantés de leurs achats pour remarquer sa défection.

Le jeune garçon passa par le Tunnel Numéro Un et souleva la trappe de la caravane. Bob et

Peter n'étaient pas là. Vivement, Hannibal consulta l'enregistreur de messages téléphonés. Il n'y avait pas un seul appel. De plus en plus soucieux, Hannibal, se rappelant les recommandations de M. Harris, quitta son repaire secret en passant par la Porte Rouge.

Par chance le poste de police n'était guère éloigné du bric-à-brac des Jones. Hannibal demanda à parler au chef Reynolds, responsable des forces de police de Rocky. Comme les jeunes Détectives étaient bien connus, il fut tout de suite introduit :

« Eh bien, délégué, lui dit le chef Reynolds en souriant. En quoi puis-je vous être utile ? »

Tout en parlant, il faisait signe à Hannibal de s'installer en face de lui, de l'autre côté de son énorme bureau. En appelant son jeune visiteur « délégué », il faisait allusion à l'appellation officielle qu'il lui avait lui-même donnée à l'occasion d'une précédente enquête où s'étaient distingués les Trois Détectives.

« Nous sommes sur une affaire, monsieur, expliqua vivement Hannibal, et je pense qu'il est temps que vous interveniez...

— Très bien. Exposez-moi la chose.

— Le temps presse, monsieur. Il faut agir vite. M. Harris prétend...

— Du calme, Hannibal ! ordonna le chef de la police. Commencez par le commencement. C'est la seule façon de faire un rapport correct.

— Oui, monsieur ! » admit Hannibal à contrecœur.

Il entreprit donc de relater toute l'histoire par le menu, en partant du soir où Peter et Bob avaient trouvé l'amulette et entendu rire l'ombre. Il parlait rapidement, essayant d'en finir le plus tôt possible.

« Quoi ! l'interrompit Reynolds. Une ombre qui rit ? Bob et Peter ont dû lâcher la bride à leur imagination, vous ne croyez pas ?

— Certainement pas, monsieur, assura Hannibal. Hier soir, je l'ai entendue moi-même. C'était véritablement effrayant... et bizarre. L'ombre était de taille élevée, mais elle ne m'a pas paru tellement bossue. Il est vrai que Peter et Bob l'ont vue de plus près que moi. Ils disent qu'elle a une tête petite et un nez crochu. Et le personnage ne cesse de regarder de tous les côtés. Alors que nous étions en train de le filer, Peter et moi, nous avons vu arriver une sorte de fourgonnette. Quatre nains sans tête en sont descendus. »

Le chef de la police faillit s'étrangler.

« Des nains sans tête ?

— Enfin... pas vraiment, monsieur. Ils avaient l'air de ne pas avoir de tête mais je crois plutôt qu'on leur avait mis un sac dessus... pour qu'ils ne puissent pas voir où on les conduisait. Le conducteur du véhicule et l'ombre qui rit les ont gardés prisonniers dans la maison forestière. Mais ils n'y sont plus à présent.

— Et vous pensez qu'un de ces « nains prisonniers » a appelé au secours et envoyé l'amulette par-dessus le mur ?

— Oui, monsieur. Il a dû dérober l'amulette et cacher à l'intérieur un appel à l'aide. Au moment où ses geôliers l'ont capturé à nouveau, il a expédié son message par-dessus le mur de clôture, en espérant que quelqu'un le trouverait.

— Dans un compartiment secret ? C'était plus qu'hasardeux, Hannibal.

— C'était même une tentative désespérée, j'en suis persuadé. Peut-être le prisonnier avait-il des amis qui rôdaient autour de la propriété. Mais ceux-ci n'étaient pas à leur poste ce soir-là et c'est nous qui avons ramassé le Peau-Rouge souriant. Par la suite, les deux hommes bruns nous ont attaqués pour nous reprendre l'amulette. Ils désirent certainement celle-ci pour elle-même. Sans doute ignorent-ils tout du message.

— Vous parlez d'hommes bruns ? coupa Reynolds. Quels hommes bruns ?

— Je vous prie de m'excuser, monsieur. Vous avez raison. Il faut rapporter les événements dans l'ordre chronologique. J'ai oublié de mentionner les hommes bruns. »

Il décrivit alors les deux énergumènes qui avaient poursuivi les Détectives et attaqué M. Harris.

« Oh ! Ces individus ! s'exclama le chef de la police qui parut soulagé. Du moment qu'ils sont mêlés à votre histoire, je crois plus volontiers à votre ombre qui rit et à vos nains sans tête. Nous recherchons nous-mêmes ces hommes pour voies de fait contre M. Harris. Allons, Hannibal ! Venez avec moi. Nous allons immédiatement rendre visite au président de la Ligue Végétarienne. »

Il fit signe à deux de ses subordonnés de les accompagner et tous quatre montèrent dans sa voiture qui démarra aussitôt. Dès qu'ils eurent tourné le coin de Las Palmas Street, Hannibal aperçut la voiture de M. Harris garée devant le siège de la Ligue.

«M. Harris doit être là, dit-il à ses compagnons. Cette auto est la sienne.»

En effet, ce fut M. Harris en personne qui leur ouvrit la porte, avant même qu'ils eussent frappé. Sans paraître voir les autres, il demanda à Hannibal, d'une voix anxieuse :

«Où sont Bob et Peter? J'espérais les trouver ici.

— Je comptais, moi aussi, les trouver chez vous, répondit Hannibal. Avez-vous rejoint Ted?

— Non. Il m'a bien semblé voir sa voiture à proximité du bric-à-brac de votre oncle, mais, si c'était bien Ted, il s'est éloigné rapidement, comme pour ne pas me rencontrer. Je me suis lancé à sa poursuite dans l'espoir de le rejoindre. En vain, d'ailleurs. Alors, je suis venu ici car je ne voulais pas me retarder davantage.»

Pour la première fois, M. Harris parut s'apercevoir de la présence des policiers et les regarda d'un air intrigué. Hannibal se hâta de faire les présentations.

«Voici M. Reynolds, le chef de la police, monsieur Harris. Il va nous aider.

— C'est fort aimable à vous, chef, de vous être dérangé pour venir me voir, déclara M. Harris avec sa rondeur habituelle. Il est exact que votre concours ne sera pas superflu. Nous nous battons avec pas mal de problèmes. Quand mes deux agresseurs sont tombés sur moi en pleine séance, j'ai pensé alors qu'il s'agissait de déséquilibrés vouant une haine farouche aux végétariens. Il existe des fanatiques de cette espèce, vous savez. Mais, d'après ce que le jeune Jones m'a confié, je commence à me demander si cette agression ne cache pas quelque chose de plus sérieux.

— Vous faites allusion à l'ombre qui rit et aux prisonniers sans tête? demanda Reynolds.

— A vrai dire, je crois que les garçons ont un peu exagéré à leur sujet. Ils sont incapables de décrire avec exactitude le rire qu'ils ont entendu. Mais il semble, néanmoins, qu'il se complote quelque chose de louche... probablement en relation avec les statuettes d'or de Mlle Sandow. »

Le chef de la police médita un instant en silence. Puis :

« Le trésor chumash est une légende locale. Il pourrait bien exister, après tout. Et beaucoup de gens, sans doute, seraient prêts à risquer gros pour le dénicher.

— C'est possible, admit M. Harris. Mais, pour l'instant, ce n'est pas le trésor qui m'intéresse. Je m'inquiète pour Bob et Peter. D'après Hannibal, ils devraient être ici.

— Nous ferions bien d'explorer la maison, décida le chef de la police, pour le cas où ils seraient passés avant votre retour. »

Le petit groupe entra. M. Harris et Hannibal inspectèrent le rez-de-chaussée. Reynolds et ses hommes se chargèrent des étages supérieurs. Au terme de ces recherches, tout le monde se retrouva bredouille. Peter et Bob n'étaient nulle part, Hannibal était sérieusement ennuyé.

« Ils devraient cependant être dans les parages », insista-t-il.

M. Harris fronça les sourcils.

« Peut-être, dit-il, ont-ils aperçu les hommes bruns et les ont-ils suivis.

— Voilà qui leur ressemblerait bien! maugréa le chef de la police.

— Mais ils me l'auraient fait savoir, assura Hannibal.

— Peut-être pas sur-le-champ, Hannibal, dit M. Harris.

— C'est vrai, acquiesça Reynolds. Le temps peut leur avoir manqué. C'est égal, je n'aime pas beaucoup l'idée de les savoir en train de filer ces individus. »

Hannibal n'était pas convaincu. Il admettait pourtant, au fond de lui, que, si ses camarades avaient vu les hommes bruns, ils pouvaient fort bien les avoir suivis pour savoir où ils se terraient. C'est, en tout cas, ce qu'il aurait fait lui-même.

« Il faut nous mettre à la recherche de ces garçons, décida le chef de la police.

— Et sans perdre de temps! renchérit M. Harris. Mais, avant que vous ne partiez, chef, j'aimerais vous confier la seconde amulette, que vous enfermerez en lieu sûr. Je ne veux plus la garder ici. »

Le président de la Ligue Végétarienne fit entrer ses visiteurs dans son bureau. Allant à son coffre-fort, il en sortit une petite boîte qu'il déposa sur la table où se trouvaient étalés les vestiges d'un repas rapide.

« Excusez le désordre, dit M. Harris en balayant d'un revers de main cartons et détritus dans sa corbeille à papiers. Quand vous avez sonné, j'achevais de manger un morceau sur le pouce. »

Il ouvrit la petite boîte. Assemblés autour de lui, les policiers et Hannibal considéraient la seconde amulette qui, elle aussi, représentait un Peau-Rouge souriant. Le chef de la police la prit en main, l'examina de près, hocha la tête comme pour signifier qu'il ne voyait pas ce qu'elle avait de si remarquable, puis la passa à Hannibal. Le chef des Détectives ouvrit le compartiment secret : il était vide.

« Aucun message dans cette statuette, déclara-t-il.

— Il semblerait donc, émit M. Harris, que ces deux sinistres individus recherchent l'objet pour lui-même, vous ne croyez pas ? Je me sentirai plus rassuré en sachant celui-ci aux mains de la police. Personne ne pourra plus le voler et nous pourrons concentrer nos efforts sur ces bandits et leurs intentions rien moins que douteuses.

— Si nous parvenons à joindre Bob et Peter, dit Reynolds, peut-être seront-ils capables de nous apprendre du nouveau au sujet de ces hommes bruns. Venez, Hannibal. Commençons tout de suite nos recherches.

— N'oubliez pas de me prévenir dès que vous saurez quelque chose, pria M. Harris. Demain, je me propose d'avoir un sérieux entretien avec le jeune Ted Sandow. J'espère, ajouta-t-il d'un ton sévère, qu'il me fournira des explications valables sur sa conduite. »

Une fois dans la rue, le chef de la police et ses hommes se dirigèrent vivement vers leur voiture. Hannibal suivit plus lentement. Ses yeux vifs fouillaient les alentours : la rue brûlante de soleil, les maisons... Soudain, il montra du doigt une allée, de l'autre côté de la rue.

« Chef ! appela-t-il. Regardez ! J'aperçois quelque chose... des marques de pneus de vélo ! »

Il traversa la rue en courant. Reynolds le rejoignit dans la venelle.

« Bob et Peter sont passés par ici, chef! Je reconnais un défaut d'un des pneus de Bob. Mes amis ont dû se cacher dans cette ruelle pour mieux surveiller le siège de la Ligue. Et puis, tenez! Voici une autre preuve!» et il indiqua un petit tas de pierres en forme de cône.

« Peter entasse toujours les cailloux comme ça, expliqua Hannibal. C'est une manie chez lui.

— Dans ce cas, ils ont sûrement aperçu quelqu'un et l'ont suivi. Leurs bicyclettes ne sont plus ici. »

Hannibal inspecta rapidement l'allée.

« Je ne sais pas, monsieur. S'il en était ainsi, ils l'auraient signalé. Nous avons toujours des craies de couleur dans nos poches pour laisser des marques de notre passage.

— Peut-être n'ont-ils pas eu le temps... Je vais lancer un avis de recherche général... en évitant d'alarmer encore leurs parents.

— Vous avez raison, monsieur. Qui sait! Ils sont peut-être déjà de retour au *Paradis de la Brocante!*

— Je le souhaite, mon garçon. En attendant, nous n'avons pas grand chose sur quoi travailler pour mener notre enquête. Bien sûr, nous finirons par mettre la main sur ces deux hommes bruns. En attendant, j'aimerais fort en savoir un peu plus long sur l'ombre qui rit.

— Il s'agit d'un individu de haute taille, monsieur. Du moins savons-nous cela. Et les deux hommes, au contraire, sont trapus. Ted Sandow, en revanche, est grand.

— Mais, vous devez bien connaître la voix de

Ted Sandow? Est-ce que vous auriez reconnu son timbre si c'est lui l'ombre qui rit?

— Hum... fit Hannibal en se grattant la tête. A vrai dire, ce rire ne m'a rappelé aucune voix connue.

— Si j'en crois la description que vous en avez fait, il ne rappelle même aucune voix du tout.

— C'est bien cela! s'exclama Hannibal. Aucune voix! Du moins, aucune voix humaine. Cela me remet en tête une histoire d'Edgar Allan Poe. Personne ne comprenait le langage du meurtrier... uniquement parce que celui-ci se trouvait être un singe! Seulement, notre ombre qui rit n'est pas un singe. Cependant... il y a quelque chose... quelque chose... en Australie je crois... qui rit comme ça...

— De quoi diable parlez-vous, Hannibal?» demanda le chef de la police, stupéfait.

Hannibal se mordit la lèvre à l'en faire saigner. Il sonda désespérément le fond de sa mémoire.

«Je... je ne sais pas exactement... mais je crois que ce rire a un rapport avec un animal australien. Ted Sandow a un accent particulier. Il prétend être anglais mais peut-être ment-il. Peut-être n'est-il qu'un imposteur venu d'Australie.

— Eh bien, puisque nous sommes sur le chapitre des accents, que pensez-vous de celui d'Harris? Il est particulier lui aussi!»

Un éclair passa dans les yeux d'Hannibal.

«Chef! s'écria-t-il. Croyez-vous qu'Harris puisse être Australien? A mon avis, son accent n'est certes pas celui d'un Anglais!

— Tout cela est étrange. Pour en avoir le cœur net, je vais prendre contact avec les autorités australiennes et demander des renseignements tant sur Ted Sandow que sur Harris. J'enverrai là-bas leurs signalements détaillés. »

Les policiers et Hannibal regagnèrent le commissariat où Reynolds se mit immédiatement au travail. Il commença par lancer un appel de recherche concernant Bob et Peter : dans peu de temps, toute la police locale s'efforcerait de retrouver les deux garçons. Ensuite, il câbla en Australie.

Hannibal se hâta de retourner au *Paradis de la Brocante.* Contrairement à son secret espoir, il ne trouva personne dans la caravane. Sérieusement alarmé, il se laissa tomber sur un siège et fixa le téléphone d'un air morne. Et puis il se secoua. Il ne pouvait pas rester assis là sans rien faire. Il devait agir.

En retournant au siège de la Ligue Végétarienne, peut-être dénicherait-il un indice qu'il n'avait pas su voir précédemment.

Il décrocha le téléphone pour appeler l'agence de location de voitures où travaillait Warrington. S'il trouvait une piste conduisant à Bob et à Peter, sans doute aurait-il besoin de se déplacer rapidement. La Rolls lui serait utile!

Chapitre 15

L'imposteur démasqué!

Un quart d'heure plus tard, Hannibal quittait subrepticement la caravane et montait dans la Rolls-Royce qui l'attendait.

« Rue Las Palmas, Warrington, au siège de la Ligue Végétarienne. Le plus vite possible, s'il vous plaît.

— Compris, monsieur Jones. »

La superbe voiture plaquée or glissa sans heurt le long des rues et ne tarda pas à déboucher dans Las Palmas Street. Hannibal regardait en vain de tous les côtés, dans l'espoir d'apercevoir ses amis.

La Rolls n'était plus qu'à quelques mètres de la Ligue quand la voiture de M. Harris arriva à toute allure et les croisa dans un nuage de poussière. Hannibal tenta de faire signe au conducteur mais M. Harris, de toute évidence, ne vit même pas la Rolls. Courbé sur son volant, il regardait droit devant lui, le visage sombre et inquiet.

« Vous connaissez cet homme, monsieur Jones ? s'enquit Warrington. Dois-je faire demi-tour et tenter de le rattraper ? »

Hannibal regardait l'auto de M. Harris disparaître au loin.

« Il se proposait d'attendre sur place des nouvelles de Bob et de Peter, expliqua-t-il au chauffeur. Sans doute s'est-il produit un événement qui a modifié ses plans. Continuez jusqu'au siège de la Ligue, Warrington ! »

Warrington continua donc à rouler jusqu'à la grande maison gothique. Il s'arrêta en douceur devant. Hannibal sauta à terre et courut à la porte d'entrée, suivi du flegmatique Anglais qui marchait à grandes enjambées. La porte était ouverte. Hannibal se précipita à l'intérieur puis s'immobilisa, écoutant de toutes ses oreilles.

« Vous n'entendez rien, Warrington ?

— Rien du tout, monsieur Jones. Que cherchons-nous au juste ?

— Bob et Peter !... Du moins quelque signe de leur passage ici... une marque tracée à la craie ou un indice quelconque nous permettant de deviner où ils sont allés.

— Vous craignez qu'ils ne soient en difficulté ?

— Hélas ! oui, répondit Hannibal. Le chef de la police pense qu'ils sont sur une piste... qu'ils sont partis je ne sais où, de leur plein gré. Peut-être a-t-il raison. Pourtant, s'il en était ainsi, je suis sûr qu'ils auraient laissé derrière eux une indication me permettant de les rejoindre.

— Je suis de votre avis, déclara Warrington calmement.

— Le chef Reynolds et ses hommes ont exploré les étages supérieurs, mais une simple marque à la craie aura pu leur échapper. Voulez-vous monter, Warrington, et jeter un coup d'œil dans toutes les pièces? Pendant ce temps, j'inspecterai de nouveau la rue.

— Entendu, monsieur Jones.»

Hannibal examina la rue des deux côtés, sur toute sa longueur, essayant de découvrir des traces de craie sur les murs des maisons et les barrières des jardins. Il étudia également le sol, pour voir si aucun signe n'était tracé dans la poussière, et même l'écorce des arbres. Il ne découvrit rien. Mais le petit cône de cailloux, trouvé précédemment dans la ruelle, était révélateur du passage de Peter à cet endroit.

Hannibal revint au siège de la Ligue. Warrington descendait justement des étages. Le grand Anglais secoua la tête :

«Je regrette, monsieur Jones, annonça-t-il, mais je n'ai rien vu qui ressemble à un signe quelconque.»

Hannibal soupira.

«Il est donc probable que le chef Reynolds et M. Harris ont deviné juste. Je crois que je ferais mieux de rentrer chez moi et d'y attendre mes amis... Je me demande où M. Harris pouvait se rendre ainsi en toute hâte?

— Le chef de la police lui a peut-être téléphoné de venir le rejoindre, dit Warrington. Puis-je suggérer que nous examinions à présent ce rez-de-chaussée?

— Je l'ai fait quand je suis venu la première fois, répliqua Hannibal d'un air morne.

— Qui sait si vous n'avez pas omis de voir un petit détail? Un nouvel examen ne peut pas faire de mal.»

Docilement, Hannibal précéda Warrington

dans le bureau de M. Harris. Il n'y avait aucune marque sur les murs, ni sur le plancher, ni dans le placard. Le garçon se permit même de fouiller les tiroirs de la table de travail. Puis il jeta un coup d'œil dans la corbeille à papiers. Cela ne donna rien. Il se détournait déjà du bureau quand, brusquement, il s'arrêta puis se pencha de nouveau sur la corbeille à papiers.

« Warrington ! s'écria-t-il. Regardez-moi ça ! »

Le chauffeur prit le papier gras qu'Hannibal lui tendait. Il haussa les sourcils d'un air incompréhensif.

« Ce n'est que l'emballage d'un sandwich, monsieur Jones, dit-il. Je ne vois pas ce qu'il a d'extraordinaire.

— Ne voyez-vous pas ces taches ? Ces traînées rouges ?

— Si fait, je les vois. Des taches de moutarde et des traces de sang, dirait-on. C'est tout à fait normal si ce papier a entouré un sandwich à la viande. »

Warrington renifla l'emballage et conclut :

« Il a bien contenu une tranche de roastbeef à la moutarde, monsieur Jones.

— Mais, Warrington, M. Harris est président de la Ligue Végétarienne ! s'écria Hannibal. Vous comprenez ! S'il a mangé un sandwich à la viande, c'est un imposteur !

— Par saint Georges, monsieur Hannibal, êtes-vous sûr que c'est bien M. Harris qui a dévoré ce sandwich ?

— Il nous l'a déclaré lui-même ! Et s'il n'est qu'un faux végétarien, je parie que la Ligue elle-même n'est qu'un paravent. Elle doit servir à cacher quelque chose de louche ! M. Harris a créé son groupe végétarien ici, à Rocky, en proclamant qu'il avait une grosse organisation quelque part ailleurs. Je donnerais ma main à couper que cette organisation n'existe pas.

— Vous portez là une accusation sérieuse contre M. Harris, fit remarquer Warrington. Quels pourraient être ses motifs secrets?

— Ne le devinez-vous pas? Il a appris que Mlle Sandow était une végétarienne convaincue, de la bouche même de Ted, alors qu'ils étaient en Angleterre tous les deux. Déjà, à l'époque, il avait dû entendre parler du trésor des Chumash. Il le convoitait. Il s'est servi de Ted et de sa prétendue Ligue Végétarienne pour approcher Mlle Sandow. C'était un excellent moyen d'avoir accès au domaine Sandow.

— Vous croyez vraiment qu'il connaissait l'existence du trésor avant de venir ici ou de rencontrer le jeune Ted?

— Je n'en serais pas surpris, en tout cas. Et c'est sans doute de propos délibéré qu'il a tenté de faire suspecter Ted! expliqua Hannibal dont l'indignation était manifeste. Et dire, ajouta-t-il en soupirant, que je lui ai fait un rapport fidèle de tout ce que nous avions découvert!

— Vous ne pouviez pas savoir, monsieur Jones, dit Warrington. A ce qu'il semble, il a trompé tout le monde.

— Ça, c'est sûr! Je me demande même, à présent, si ce n'est pas lui, l'ombre qui rit! Du coup, c'est lui qui retiendrait prisonniers les quatre « nains sans tête »! »

Soudain, Hannibal parut perdre son sang-froid habituel.

« Warrington! lança-t-il tout pâle. Il faut au plus vite alerter le chef Reynolds.

— Certainement, monsieur Jones. Vous avez

une idée de ce que se propose de faire ce misérable ?

— Non répondit Hannibal, mais je comprends, à l'instant même, que M. Harris vient de nous jouer un tour. Il dit avoir mis beaucoup de temps à venir du domaine jusqu'ici, et prétend que c'est parce qu'il a cru voir Ted près du bric-à-brac et l'a suivi. Mais c'est un mensonge. Il a dû arriver ici bien avant nous. C'est lui qui a capturé Bob et Peter ! »

Chapitre 16

Réapparition des hommes bruns

M. Harris, assis sur le coin d'une table rustique, au centre d'une pièce non moins rustique, contemplait pensivement Bob et Peter.

«Je suis bien fâché de ce qui vous arrive, mes amis, croyez-moi!» dit-il enfin.

Bob et Peter gardèrent le silence. Ils étaient adossés à un mur de planches, pieds et poings solidement liés. Ils n'avaient aucune idée de l'endroit où ils se trouvaient. Ils savaient seulement qu'on les avait transportés jusqu'à une cabane dans la montagne, après leur capture au siège de la Ligue Végétarienne.

Ils comprenaient maintenant que M. Harris était sans doute complice de l'ombre au rire diabolique. Mais ils ne pouvaient rien faire et ils ne voyaient personne qui pût les aider dans l'immédiat.

Là-bas, à la maison gothique, M. Harris et ses deux assistants avaient sauté sur eux, dans le couloir, les avaient ligotés et traînés jusqu'à une fourgonnette. Leurs bicyclettes les avaient rejoints à l'intérieur du véhicule. Les assistants étaient montés à leur tour et, fouette cocher! Seul M. Harris était resté en arrière. C'était maintenant sa première visite aux prisonniers, un bon bout de temps après leur capture.

Il reprit, avec un sourire faussement attristé :

« Malheureusement, jeunes gens, vous avez une propension regrettable à surgir là où l'on ne vous désire pas. Pourquoi diable êtes-vous venus fouiner dans ma maison? Je suis certain que vous n'avez rien découvert, mais mieux vaut être prudent, n'est-ce pas? Voilà pourquoi vous êtes ici. Par chance, j'ai eu le temps de faire disparaître toute trace de votre passage avant l'arrivée de la police. Je crains que vous ne restiez mes hôtes un bon moment. Jusqu'à ce que, dirons-nous, je sois bien loin de cet endroit. Encore heureux que j'aie presque terminé ce que j'avais entrepris! »

Bob ne put y tenir et parla pour la première fois :

« Vous êtes un voleur!

— Oui, renchérit Peter. Vous essayez de voler le trésor chumash! »

M. Harris éclata de rire.

« Comme vous êtes perspicaces! C'est vrai, je cours après le fameux trésor. Et j'espère mettre la main dessus cette nuit même. »

Après avoir adressé un dernier sourire goguenard aux Détectives, M. Harris tourna les talons et sortit de la cabane. Le silence revenu, Bob et Peter échangèrent des regards malheureux. A travers l'une des fenêtres aux vitres sales de la cahute, ils voyaient le soleil baisser à l'horizon. La nuit serait vite là et ils étaient impuissants à contrecarrer les plans de M. Harris.

Peter, qui avait le sens de l'orientation, déclara soudain :

« Nous devons être quelque part dans le domaine de Mlle Sandow. En descendant de la fourgonnette, j'ai reconnu certaines montagnes.

— Si seulement nous avions pu laisser des marques derrière nous ! soupira Bob. Ou encore jalonner la route par où nous sommes venus ! Mais ces bandits ne nous en ont pas laissé la possibilité.

— Ne t'en fais pas, mon vieux, répliqua Peter. Hannibal finira bien par nous retrouver. Mais si nous parvenions à nous détacher, nous pourrions faire des signaux d'une manière ou d'une autre. Attends un peu ! Je vais voir si je peux distendre mes liens ! »

Le grand garçon se mit à gonfler ses muscles. Un rire amusé se fit entendre... et M. Harris reparut.

« Ma foi, vous êtes de rudes gars ! J'admire sincèrement votre courage et votre détermination.

— Vous ne vous en tirerez pas aussi facilement que vous l'espérez ! » prophétisa Peter d'un ton convaincu.

M. Harris se contenta de sourire.

« Apprenez donc, jeunes gens, que la police et votre ami Hannibal sont actuellement en train de rechercher les deux hommes bruns qui, pensent-ils, vous ont enlevés. Cela arrange tout à fait mes affaires. »

Bob le toisa avec mépris.

« Si vous croyez avoir lancé Hannibal sur une fausse piste, vous serez déçu, affirma-t-il. Ce n'est pas un garçon à se laisser tromper comme ça! Et vous ne tarderez pas à vous retrouver en prison.

— Voilà qui m'étonnerait, déclara M. Harris avec assurance. J'ai tiré trop soigneusement mes plans pour laisser des gamins et les policiers d'une petite ville me mettre des bâtons dans les roues. Je reconnais toutefois que vous m'avez posé des problèmes. Aussi serais-je heureux si, au lieu de me combattre, vous vouliez vous joindre à moi.

— Qui voudrait s'associer avec un homme de votre espèce! s'écria Peter, rouge d'indignation.

— Vos sentiments vous honorent, jeune homme, mais ils prouvent votre stupidité. Vous auriez dû composer avec moi avant même d'être capturés. Enfin, la stupidité même des gens me rend service. S'ils étaient moins bêtes, il y a belle lurette que le trésor des Chumash aurait été retrouvé!

— A mon avis, vous n'avez pas encore mis la main dessus, dit Bob.

— Erreur, mon garçon. J'ai réussi à débrouiller la petite énigme de Grand-Cerveau et, d'ici quelques heures, le fameux trésor sera en ma possession. »

M. Harris jeta un regard aigu à ses prisonniers et ajouta :

« A ce moment-là, il se peut que je revienne ici m'occuper de vous! »

Il leur tourna le dos et se dirigea vers la porte. Avant de franchir le seuil, il lança un dernier avertissement :

« Inutile de chercher à vous libérer! Cette cabane est construite sur un plateau, situé lui-même à trois cents mètres de hauteur et protégé par des à-pic. La seule voie d'accès est un étroit passage où j'ai posté un homme en sentinelle. D'où il est, il peut surveiller cette porte. Vous n'avez donc aucune chance de vous échapper. »

Avec un rire sarcastique, M. Harris s'en alla. Cette fois, les Détectives entendirent le bruit de la clé tournant dans la serrure. Ils étaient seuls de nouveau. Immédiatement, Peter commença à se tortiller dans ses liens.

« Bob! dit Peter. Nous pourrions peut-être nous aider mutuellement. Essaie de ramper jusqu'à moi. Nous nous mettrons alors dos à dos. »

Non sans mal, les deux garçons arrivèrent à leurs fins. Sans perdre de temps, Peter entreprit alors de dénouer la corde qui immobilisait les poignets de Bob. La sueur perla bientôt à son front. Mais il serra les dents et persévéra. Il travailla ainsi durant ce qui lui parut être des heures. Enfin, il s'arrêta, épuisé.

« Je n'y arrive pas, avoua-t-il. Je n'ai pas assez de prise.

— Cela vient sans doute de la manière dont nos mains sont liées », répondit Bob.

Peter ne renonça pas à ses projets de délivrance et chercha un autre moyen d'atteindre son but. Il se mit à penser tout haut :

« Si M. Harris ne m'avait pas pris mon couteau, j'aurais pu le tenir entre mes dents et...

— Les dents! s'écria Bob aussitôt. Voilà le moyen que nous cherchions! Nous pourrions essayer de desserrer les nœuds avec nos dents.

— Bonne idée! Attends! Je vais m'étendre sur le flanc... A toi de travailler, mon vieux! »

Peter se retourna de manière à présenter son dos à Bob. Archives et Recherches se pencha sur les poignets de son camarade. Ses dents se refermèrent comme un étau sur le premier nœud. Peter tira vers lui. Bob en fit autant de son côté. Après trois tentatives qui ne donnèrent rien, Bob se reposa un instant, puis essaya de nouveau.

« Je sens du mou ! annonça Peter. Mes liens ont du jeu. Essaie avec tes doigts à présent. »

Les deux amis se remirent dos à dos et Bob s'activa à distendre la corde. Cette fois, il vint à bout du premier nœud. Le second nœud fut plus facile à défaire. Un instant plus tard, les mains de Peter étaient libres. Le grand garçon se hâta de libérer ses jambes, puis délivra Bob de ses liens.

Ayant enfin la possibilité de se mouvoir à leur guise, les deux garçons ne perdirent pas de temps pour faire le point de la situation. Peter courut examiner les fenêtres de façade. Bob se chargea de la seule qui s'ouvrait sur le derrière de la cabane. Peter annonça d'un ton dépité :

« Rien à faire de ce côté. On a cloué des planches en travers des fenêtres. D'ailleurs, si nous parvenions à nous échapper par là, nous n'irions pas loin. J'aperçois notre gardien. Il aurait vite fait de nous arrêter, même la nuit. Il y a une énorme lanterne auprès de lui. »

Le soleil avait sombré derrière les pics les plus élevés et le crépuscule mauve tombait peu à peu sur le paysage alentour. En hiver, dans la montagne, la nuit est vite là.

Bob jeta un regard découragé par la fenêtre de derrière.

« Rien à faire de ce côté-ci non plus ! soupira-t-il. Cette fenêtre donne presque directement sur un à-pic dont elle est seulement séparée par une étroite bande rocheuse. C'est sans espoir! Regarde!»

Tristement, les deux garçons revinrent à la table qui occupait le centre de la pièce.

«Je sais du moins où nous sommes, annonça Peter. De la fenêtre de derrière, j'ai reconnu un col, proche de la villa Sandow. Nous devons nous trouver à environ huit kilomètres de celle-ci, dans la partie la plus haute du domaine. A vol d'oiseau, nous n'en sommes pas si loin.»

Bob réfléchit un moment.

«Si nous pouvions lancer un signal lumineux, dit-il enfin, sans doute serait-il perçu de la maison. Et comme Hannibal nous cherche, il passera sûrement à la villa. Il est donc urgent de nous manifester.

— Reste à trouver une source de lumière!»

Les deux garçons se mirent à fouiller la cabane. Ils n'ignoraient pas qu'ils avaient peu de chance de trouver ce qu'ils cherchaient. Cette bicoque rudimentaire était à peine meublée et Harris était un gredin trop intelligent pour n'avoir pas pris ses précautions.

Cependant, comme beaucoup d'hommes trop sûrs d'eux, Harris s'était montré négligent. Bob étouffa un cri de triomphe en découvrant, sous un tas de vieux chiffons, une caisse de bois contenant une lampe à pétrole.

«De la lumière! Voilà de la lumière, dit-il en brandissant l'objet poussiéreux. Cette lampe est encore à moitié garnie. Nous allons pouvoir émettre un signal de détresse en morse, en couvrant et découvrant tour à tour la flamme.

— Nous n'avons pas d'allumettes! rappela Peter. Il faut en dénicher à tout prix!»

Fébrilement, tous deux recommencèrent à

fouiller la cabane. Une fois de plus, la chance les favorisa. Ils trouvèrent une vieille boîte d'allumettes dans le tiroir de la table. Bob en craqua vivement une et alluma sa lanterne. Peter, de son côté, ramassa le couvercle d'une grosse boîte de conserve : cela ferait office d'occulteur pour lancer leur S.O.S.

Les garçons s'approchèrent de la fenêtre de derrière.

Et alors, ils s'arrêtèrent net, bouche bée.

Un visage sombre les regardait à travers la vitre.

Puis la fenêtre s'ouvrit brusquement, toute grande, et les deux hommes bruns, toujours vêtus de leurs bizarres habits blancs, sautèrent dans la pièce.

Immobiles à deux pas de Bob et de Peter, ils les dévisageaient en silence. De longs couteaux luisaient dans leurs mains.

Chapitre 17

Dans une impasse

Le chef Reynolds était assis à son bureau quand Hannibal et Warrington firent irruption au poste de police. Le jeune Jones lui brandit sous le nez l'emballage de sandwich révélateur.

« M. Harris est un imposteur, monsieur! annonça-t-il tout de go. Et il essaie de mettre la main sur le trésor chumash. Nous l'avons vu quitter le siège de la Ligue à toute allure dans sa voiture. Je suis sûr qu'il tient Bob et Peter!

— Voyons un peu ce que vous m'apportez là, Hannibal! »

Le chef de la police examina les taches maculant le papier qu'Hannibal lui tendait.

« Ainsi, murmura-t-il, cet homme n'est pas végétarien. Et sa Ligue n'est qu'un prétexte. Voilà qui cadre avec ce que j'ai découvert... »

Hannibal ouvrit de grands yeux.

« Ce que vous avez découvert? répéta-t-il.

— Hé oui, mon garçon, expliqua Reynolds avec un sourire malicieux. Vos amis et vous, vous n'êtes pas les seuls détectives de Rocky. Je me suis mis en rapport avec les autorités australiennes. Là-bas, on n'a jamais entendu parler de Ted Sandow. En revanche, on en sait long sur un certain Albert Harris. Vous avez eu du flair, jeune homme!

— Et qu'avez-vous appris à son sujet, monsieur?» demanda Hannibal, bouillant d'impatience.

Reynolds se leva.

«Je vous le dirai en chemin. Nous n'avons pas un instant à perdre. Nous n'avons pu trouver trace des deux hommes bruns mais j'ai idée qu'en rejoignant M. Harris nous les rencontrerons, eux aussi. Je viens de téléphoner à M. Andy. Nous le prendrons en passant. Je n'ai pu malheureusement prévenir le père de Peter, qui est absent.

— Où allons-nous, chef? demanda encore Hannibal.

— Au domaine Sandow. Je suis certain que, là encore, vous avez flairé la bonne piste. Nous y trouverons sans doute ces bandits.

— Si nous prenions la Rolls-Royce, monsieur? proposa le chef des Détectives. M. Harris ne la connaît pas et il pourrait tenter de prendre la fuite à la vue d'une voiture de police.

— Excellente idée, Hannibal. Mes hommes nous suivront à distance dans une de nos voitures.»

Le chef donna ordre à quatre policiers de suivre la Rolls dans une voiture officielle, mais pas de trop près. Puis il monta lui-même dans la superbe auto plaquée or, à côté d'Hannibal. Warrington les conduisit à la maison de Bob. M. Andy, qui les guettait, sortit en coup de vent et monta à son tour.

«Quoi de neuf, chef? demanda-t-il d'une voix

angoissée. Savez-vous enfin où se trouvent mon fils et Peter?

— Pas encore, mais cela ne saurait tarder, rassurez-vous.

— En attendant, éclairez un peu ma lanterne, voulez-vous? Je ne sais que très peu de chose de tous ces événements. »

Le chef de la police fit donc le récit rapide des aventures vécues par les Trois Détectives.

« Ils ont fait de la bonne besogne, monsieur Andy. Vous pouvez être fier d'eux. Sans leur intervention, Mlle Sandow et son neveu Ted auraient pu courir de réels dangers et nous-mêmes intervenir trop tard. Ces trois garçons ont agi intelligemment. Démasquer M. Harris leur était difficile car l'homme trompait parfaitement son monde. Ils sont néanmoins parvenus à un résultat positif.

— Qui est au juste ce Harris?

— Un voleur doublé d'un imposteur, ainsi que l'avaient flairé les garçons, répondit Reynolds tandis que Warrington engageait sa voiture dans le chemin conduisant au domaine Sandow. J'ai téléphoné tout à l'heure en Australie. J'ai eu la police de Sydney au bout du fil. Harris est un individu que l'on recherche là-bas, sous l'inculpation d'abus de confiance, extorsion de fonds, cambriolage, et j'en passe. Il a souvent, aussi, tenu le rôle d'un président de ligue quelconque — et imaginaire — pour flouer des gens. Ses dupes sont légion. Il paraît qu'il est également réclamé au Mexique où il s'est livré à des manœuvres frauduleuses sous prétexte de venir en aide aux pauvres Indiens.

— Au Mexique, monsieur? demanda Hannibal. S'est-il rendu là-bas récemment?

— Plus d'une fois. Sa dernière visite a eu lieu voici un mois à peu près. A ce que pensent les Australiens, l'homme ne serait en Californie que depuis peu également.

— Cela doit remonter à l'époque où il a appris l'existence du trésor chumash... et celle de Mlle Sandow, déclara Hannibal.

— J'imagine qu'il aura lu dans les journaux la mort de Mark Sandow, expliqua le chef de la police. Cela lui aura donné l'idée de contacter Ted en Angleterre. »

On arrivait en vue de la propriété. Warrington, qui conduisait vite et très habilement, ne ralentit pas. La voiture de police suivait à bonne distance. Les grilles du domaine étaient ouvertes. Warrington les franchit sans hésiter. Enfin, il s'arrêta en douceur devant le perron de la grande maison de style espagnol.

Tout le monde sauta à terre. Le chef Reynolds, heureux que le moteur silencieux de la puissante machine n'ait donné l'éveil à personne, fit signe à ses compagnons de le suivre sans bruit. La villa était obscure. On n'y décelait aucun signe de vie.

« L'endroit paraît désert, chuchota le chef de la police sans cacher son désappointement.

— Peut-être trouverons-nous quelque indice à l'intérieur, suggéra Hannibal.

— C'est cela. Entrons! renchérit M. Andy. Bob et Peter peuvent fort bien se trouver prisonniers dans la maison. »

Reynolds acquiesça. Ses hommes, ayant laissé leur voiture non loin de là, se joignirent au petit groupe. Reynolds leur ordonna de cerner la villa. Lui-même, suivi de M. Andy, d'Hannibal et de Warrington, poussa la porte qui était ouverte et entra...

Ainsi qu'ils l'avaient craint, ils ne trouvèrent personne. C'est en vain qu'ils fouillèrent les pièces du rez-de-chaussée. Hannibal se mordait les lèvres pour ne pas laisser voir son chagrin. Etaient-ils arrivés trop tard? M. Harris avait-il kidnappé tous ceux qui s'opposaient à ses desseins afin de les garder comme otages jusqu'à ce qu'il ait en sa possession le trésor chumash?

Soudain, le flegmatique Warrington annonça de sa voix calme :

« Messieurs, je crois que j'entends quelque chose. »

Tous prêtèrent l'oreille. Quelque part, dans la maison enténébrée, des coups sourds retentissaient :

« Pan! Pan! Pan! Pan!

— Cela vient d'en haut... dit Reynolds. De l'arrière de la bâtisse. »

Il se précipita le premier, pistolet au poing. Les autres montèrent derrière lui. Tout au fond du couloir du premier étage, les coups redoublèrent :

« Pan! Pan! Pan! Pan!

— Là-dedans! » indiqua M. Andy en montrant du doigt une porte.

La porte était fermée à clé. Le chef de la police fit s'éloigner un peu ses compagnons, puis, prenant du recul, s'élança de tout son poids contre le battant. Le bois craqua, sans céder. Le chef recommença la manœuvre. Cette fois, la porte s'ouvrit. Son arme pointée devant lui, Reynolds entra dans la pièce.

« Dans ce coin! » cria M. Andy qui regardait par-dessus son épaule.

Quelque chose, qui ressemblait à une momie égyptienne, gisait sur le parquet, dans un coin de la pièce obscure. Et ce « quelque chose » ruait de toutes ses forces contre le mur. C'était Ted Sandow, proprement ligoté et bâillonné. On s'empressa de le délivrer. Il s'écria aussitôt :

« Tante Sarah ! Vite ! Occupez-vous d'elle ! »

La fragile demoiselle était solidement attachée sur une chaise, et bâillonnée elle aussi. Warrington lui rendit la liberté de ses mouvements. Elle les regarda tous avec des yeux immenses, qui trahissaient le choc ressenti.

« Que... qu'est-il arrivé ? » demanda-t-elle. Elle s'exprimait de manière confuse mais, petit à petit, sembla émerger de la brume qui obscurcissait son esprit. « Je... je me rappelle que M. Harris est venu prendre le thé avec moi... Il a même rempli lui-même ma tasse... Et puis je me suis réveillée sur cette chaise !... Seigneur ! Je n'ai jamais été aussi effrayée ! Et ce pauvre Théodore... sur le plancher ! »

Elle se leva, courut à son neveu et le serra contre elle. On eût dit une poule retrouvant son poussin égaré. Ted lui sourit puis se tourna vers Hannibal.

« Après vous avoir laissés dans la bibliothèque, M. Harris et toi, je me suis rendu à l'appel de ma tante. Mais quand je suis revenu, vous n'étiez plus là. M. Harris n'a reparu qu'en fin d'après-midi. A un moment donné, il m'a dit avoir quelque chose à me montrer à l'étage... quelque chose concernant l'amulette. Bien entendu, je l'ai suivi sans méfiance. Il a dû me frapper par surprise car je ne me suis rendu compte de rien, sinon que je tombais au fond d'un gouffre noir. Quand j'ai repris conscience, j'étais ficelé comme un poulet. Et il m'a été impossible de me débarrasser de mes liens.

— Toute sa machination est facile à comprendre désormais, déclara Hannibal. Harris m'a dit que tu avais disparu, et cela à seule fin d'aiguiller sur toi mes soupçons. En réalité, tu n'avais pas disparu du tout. »

Le chef de la police prit à son tour la parole :

« Harris a également prétexté les risques courus par Bob et Peter pour filer au siège de la Ligue... et les neutraliser. Hannibal lui avait en effet révélé que ses deux camarades se trouvaient là-bas pour surveiller les lieux.

— De grâce ! gémit Hannibal. Ne me rappelez pas ma sottise. Dire que j'ai fait confiance à cet être-là en lui racontant tout ! Ah ! Il s'est bien débrouillé pour nous écarter de sa route !

— J'ai idée qu'il doit se proposer de faire main basse sur le trésor cette nuit même, reprit Ted. Et je me sens en partie responsable. Il m'a extorqué tous les renseignements possibles. Et, comme Hannibal, je lui ai fait confiance, moi aussi. C'est lui qui a suggéré que les Trois Détectives avaient dérobé l'amulette. Lui encore qui eut l'idée de leur faire offrir une récompense. C'est lui, toujours, qui m'a soufflé d'entrer en rapport avec eux sous prétexte de vendre les vieilleries de ma tante. J'ai été un jouet entre ses mains. »

Mlle Sandow tenta de consoler son neveu.

« Ne te fais pas de reproches, Théodore. Il m'a trompée comme vous tous. Je lui ai même versé des fonds pour lancer sa Ligue. Il m'a montré des lettres si élogieuses signées par d'éminents végétariens !

— Des faux, certainement! coupa le chef de la police. Ce Harris est un homme habile!

— Il nous faut le retrouver, rappela Hannibal. Ted, a-t-il dit quelque chose au sujet des hommes bruns ou des nains sans tête?

— Non, je ne crois pas, pour autant que je m'en souvienne.»

Hannibal fronça les sourcils.

«Je suis persuadé que ces prisonniers qui semblaient n'avoir plus de chef pourraient nous donner la clé de toute l'énigme. L'un d'eux a certainement dérobé l'amulette pour l'expédier par-dessus le mur avec un S.O.S. à l'intérieur. Ces malheureux doivent donc être des Indiens yaquali. Reste à savoir pourquoi Harris a besoin d'eux!»

M. Andy n'y put tenir.

«Nous sommes là à discourir sur des amulettes et des Indiens! Ne croyez-vous pas qu'il faut penser avant tout à Bob et à Peter?

— Le malheur, répliqua le chef de la police, c'est que nous ne les retrouverons pas tant que nous n'aurons pas rejoint Harris.»

Reynolds lui-même ne savait manifestement que faire désormais. Hannibal se mordillait les lèvres. Soudain, le gros garçon s'adressa à Mlle Sandow.

«S'il vous plaît! Votre frère a-t-il fait un jour allusion devant vous au trésor chumash?

— Non, Hannibal. Mark était si jeune quand il a dû quitter ce pays, le pauvre!

— Mais que vous a-t-il dit au juste au sujet de ces deux amulettes?

— Rien du tout. Il me les a données quelques instants avant de fuir, en précisant qu'elles ne lui étaient plus d'aucune utilité. Il a ajouté qu'il avait « tué la poule ». Je me suis toujours demandé ce qu'il entendait par là.

— Je crois le deviner, dit Hannibal. Sans doute voulait-il signifier qu'il avait tué la poule aux œufs d'or. L'homme dont il a causé la mort connaissait à coup sûr le secret du trésor. Les amulettes ne constituaient pas des indices de la cachette au trésor. Elles n'étaient que la preuve concrète que ce trésor existait bien et se trouvait dans le domaine.

— En d'autres termes, Mark Sandow ne connaissait pas le secret lui-même, résuma le chef de la police. Et l'homme qui aurait pu le lui révéler était mort. En revanche, il semble bien qu'Harris soit au courant.

— Je suppose qu'il est parvenu à déchiffrer l'énigme de Grand-Cerveau, avança Hannibal. Peut-être aussi a-t-il été renseigné par les hommes bruns. A présent, il faut tâcher d'éclaircir nous-mêmes le mystère. »

Reynolds cita de mémoire :

« *Dans l'œil du ciel, là où aucun homme ne pourra le trouver.* Qu'est-ce que cela peut bien signifier ? Où faut-il chercher ? »

Personne ne répondit. Tous se contentaient d'échanger des regards perplexes.

« Si seulement nous pouvions retrouver ces hommes bruns », marmonna Hannibal.

Le silence de la grande maison se fit plus pesant, comme pour se moquer de lui.

Chapitre 18

Au bas de la falaise

Terrifiés par l'apparition des deux hommes bruns, Bob et Peter se mirent à reculer lentement. Au passage, Peter empoigna la lanterne, prêt à la jeter à la tête de leurs assaillants si besoin était.

Devinant ses intentions, l'un des hommes secoua la tête et dit d'une voix gutturale :

« Non ! Vous pas comprendre. Nous, amis. Venir pour aider. »

Bob le regarda, stupéfait.

« Vous parlez anglais ?

— Oui. Un peu. Moi, Natches. Et voici mon frère, Nanika.

— Si vous voulez nous aider, pourquoi nous avoir volé la petite statue ? demanda Peter, méfiant.

— Nous voir vous trouver petit Peau-Rouge en or sur le chemin. Nous penser statue contenir message de notre jeune frère, Vittorio.

Nous suivre vous, reprendre Peau-Rouge en or mais pas de message dedans.

— Il y en avait un, mais nous l'avions enlevé, expliqua Peter sans détour.

— Oh! s'exclama Natches. Quoi message dire?»

Peter répéta le texte du S.O.S. Natches parut bouleversé.

«C'est ce que nous craindre, dit-il tristement. Notre petit frère en danger. Cet Harris menteur, mauvais homme.

— Vous êtes des Indiens yaquali, du Mexique, n'est-ce pas? demanda Bob. Et Harris tient votre frère prisonnier?

— *Si.* Oui. Nous venir pour retrouver frère. Nous avoir peur. Nous pas aimer ville. Mais nous devoir trouver Vittorio et les autres garçons.

— Pourquoi n'avez-vous pas essayé de nous parler quand vous nous avez poursuivis? s'enquit Bob. Vous auriez dû vous expliquer.

— Quand émus, nous pas pouvoir s'exprimer en anglais, avoua Natches tristement. Tout oublier.

— Mais pourquoi Harris a-t-il fait votre frère prisonnier? Quelles sont ses intentions?»

Dans un anglais boiteux, Natches raconta son histoire.

Un mois plus tôt, Harris était arrivé dans leur village yaquali, au fin fond de la Sierra Madre, au Mexique. Il avait proposé d'engager quatre jeunes garçons pour les exhiber en Amérique, comme grimpeurs émérites, pour la plus grande distraction des touristes. Les enfants devaient être bien payés. Le marché fut donc conclu. Vittorio faisait partie des jeunes «grimpeurs».

« Nous, pauvres, expliqua Natches. Et puis, nos jeunes garçons devoir connaître un peu civilisation. Harris dire beaucoup d'argent à gagner, beaucoup de connaissances à faire. »

Harris partit donc avec les quatre garçons qu'il avait sélectionnés. Tout le village s'en félicitait quand, une semaine plus tôt, une lettre arriva. Elle venait de Rocky et révélait que Vittorio avait besoin d'aide. D'une manière ou d'une autre, le jeune garçon avait réussi à alerter les siens.

« Nous, partir aussitôt, continua Natches. Acheter vieille auto, venir ici. Nous trouver M. Harris dans belle hacienda dans la montagne. Nous croire avoir entendu Vittorio appeler au secours. Nous guetter. Nous voir vous trouver statuette en or. Le jour suivant, nous suivre votre grosse voiture... d'abord au studio cinéma, puis à la maison où nous reprendre Peau-Rouge souriant à vous. Quand nous voir aucun message dans la petite statue, nous surveiller de nouveau Harris. Nous trouver lui dans grande maison. Nous essayer lui faire dire où sont Vittorio et les autres garçons. Mais lui crier, frapper nous, et appeler police pour faire mettre nous en prison. Nous avoir peur, partir en courant.

— Vous voulez dire que c'est Harris qui vous a frappés le premier et qui a appelé la police pour vous faire emprisonner ? demanda Bob qui commençait à comprendre.

— Oui. Nous seulement questionner, lui frapper comme si nous bandits. Crier : nous attaquer ! Pas vrai.

— Et ensuite ?

— Nous guetter encore grande maison. Nous

voir sortir vous. Essayer vous rejoindre, mais vous échapper. Nous guetter de nouveau. Voir Harris mettre deux garçons dans voiture. Nous suivre jusqu'ici, attendre, grimper falaise pour parler avec vous. Vous nous dire où Harris aller maintenant.

— Nous l'ignorons, soupira Peter.

— Pourquoi a-t-il besoin de vos garçons? demanda Bob. Le savez-vous?

— Mauvais projets, dit Natches d'un air sombre. Nous penser lui se servir garçons pour mal. Les faire disparaître après pour pas dénoncer lui.»

Bob poussa une exclamation.

«J'y suis! Il veut utiliser ces garçons pour dénicher le trésor chumash! Ce sont de remarquables grimpeurs! Et une fois qu'il aura le trésor, il expédiera les jeunes Yaquali Dieu sait où pour qu'ils ne puissent raconter l'histoire!

— Vite! s'écria Peter. Il faut alerter le chef Reynolds sans perdre une seconde.

— Vous alerter police? demanda Natches. Vous partir d'ici.

— Oui, mais comment? Il y a un gardien qui barre le passage, expliqua Peter.

— Nous descendre tous la falaise», décida Natches comme s'il se fût agi de faire quelques pas dans une allée sablée.

Nanika approuva vigoureusement du chef, désignant la fenêtre de derrière, puis l'à-pic terrifiant qui s'amorçait au-delà pour aboutir aux rocs en dent de scie au bas de la falaise.

«Descendre cette falaise! s'écria Peter en reculant vivement.

— Aucun danger avec nous, *muchacho!*»

Bob regarda Peter, puis de nouveau Natches.

« Très bien, déclara-t-il d'une voix qui se voulait ferme. Nous allons risquer le coup. Il n'y a pas d'autre solution. »

Peter comprit qu'il n'avait qu'à se résigner.

« Auparavant, dit-il, envoyons quelques signaux. »

Bob et lui installèrent la lanterne près de la fenêtre puis, à l'aide de leur occulteur improvisé, lancèrent plusieurs S.O.S. en morse. Après quoi, les quatre compagnons escaladèrent la fenêtre. Une fois dehors, Natches et Nanika repérèrent deux solides troncs d'arbres, y attachèrent l'extrémité de cordes minces mais solides et laissèrent celles-ci se dérouler au flanc de la falaise. Puis ils firent signe aux jeunes garçons.

« Nous avoir courroie sur poitrine et épaules, expliqua Natches. Vous accrocher courroies épaules et grimper sur dos. Nous transporter vous jusqu'en bas. »

Peter monta sur le dos de Natches et Bob sur celui de Nanika. Alors, sans prononcer un mot de plus, les deux Yaquali se mirent à descendre le long du gouffre. Peter ferma les yeux. Il avait l'impression que sa tête tournait comme une toupie, et que lui-même dégringolait dans le vide. Bob s'agrippa désespérément aux courroies de son porteur.

Les deux Yaquali bondissaient littéralement le long de la paroi rocheuse, avec la vivacité et l'agilité de mouches sur un mur.

Ils glissaient le long des cordes, passant d'une arête à une anfractuosité de rocher, sans s'arrêter jamais ni même ralentir. Par moments, ils se balançaient dans le vide tandis que Bob et Peter s'agrippaient à eux plus étroitement encore. Ils décollaient adroitement de la muraille d'un bref coup de pied pour retomber juste en face de l'endroit choisi par eux pour une nouvelle lancée. Et c'est dans une presque totale obscurité qu'ils accomplissaient ce tour de force. Descendre au fond du gouffre semblait, pour ces montagnards, aussi aisé que suivre un trottoir de ville pour des citadins.

Cette véritable « descente aux enfers » sembla durer des siècles à Bob et à Peter. Enfin, ils comprirent que les Indiens venaient de toucher le sol ferme. Avec précaution, ils relâchèrent leur étreinte et ouvrirent les yeux.

« Ça y est ! s'écria Bob, soulagé. Quel voyage ! Félicitations. »

Natches sourit :

« Pas très difficile. Facile, même.

— Je me demande ce que vous appelez " difficile ", déclara Peter en frissonnant. Vous êtes rudement forts tous les deux. Et maintenant, dépêchons-nous. Où est votre voiture, Natches ?

— Sur la route. A gauche. Nous aller à la police ? Eux nous aider ?

— Bien sûr, qu'ils nous aideront ! promit Bob. Surtout après l'histoire que vous allez leur raconter ! »

Tous se hâtèrent le long d'un sentier qui aboutissait à l'endroit où les Yaquali avaient garé leur vieille auto.

A l'instant précis où ils débouchaient sur la route, les phares d'un véhicule, à l'arrêt tout près de là, s'allumèrent et les éblouirent. M. Harris sortit de l'ombre. Il tenait un fusil pointé sur eux.

« Vous commencez à m'ennuyer sérieusement, jeunes gens, dit-il aux Détectives. Du moins avez-vous la gentillesse de m'amener mes amis yaquali. J'étais fort contrarié de les savoir en liberté dans les parages.

— Co... comment...? bégaya Bob. Comment avez-vous...

— Pu vous trouver? Très simple, mon garçon! J'ai aperçu vos signaux et suis revenu sur mes pas pour savoir à quoi m'en tenir.

— Oh, non!» gémit Peter.

M. Harris se mit à rire et se tourna vers son assistant, Sanders, qui se tenait derrière lui, également armé. Nanika mit à profit cette seconde d'inattention. Il murmura hâtivement quelque chose et bondit sur Harris. Le faux végétarien l'évita adroitement et frappa le Yaquali sur le crâne. L'Indien tomba dans la poussière et resta là, inanimé.

«Monsieur Harris! s'écria Sanders. Attention! L'autre s'enfuit!»

Harris se retourna en un clin d'œil mais, déjà, Natches s'était enfoncé dans les ténèbres. En vain Harris inspecta-t-il les environs : il ne vit personne. Furieux, il foudroya Bob et Peter du regard. Sa belle assurance parut subir une éclipse. Puis il se reprit et déclara froidement :

«Peu importe! Laissons-le courir. Nous serons bientôt loin d'ici et il ne pourra rien contre nous.»

Sanders ne put cacher son inquiétude :

«Vous en êtes sûr, patron?

— Evidemment, imbécile! Va relever Carson de sa garde devant la cabane et ramène-le. Nous allons emmener ces garçons enragés avec nous. Je suis fatigué de les trouver toujours sur ma route. Il faut mettre bon ordre à cela.»

Sanders s'éloigna dans la nuit. Nanika

demeurait, inerte, à l'endroit où il était tombé. M. Harris continuait à regarder les Détectives d'un air féroce.

Soudain effrayés, Bob et Peter comprirent que, cette fois, ils ne pouvaient plus espérer s'échapper.

Chapitre 19

Dans la montagne

Le chef de la police termina sa liaison radio avec le poste de Rocky et sortit de sa voiture pour rejoindre ses compagnons devant la villa Sandow.

« Aucune nouvelle des hommes bruns et de leur véhicule, annonça-t-il sombrement. Je suis navré, monsieur Andy. Mais soyez persuadé que nous les retrouverons tôt ou tard.

— Mais comment ? répliqua le père de Bob dont l'anxiété ne cessait de croître. Nous n'avons pas le plus petit indice pour nous guider jusqu'à eux. »

Le clair de lune inondait le parc, transformant chaque ombre en un fantôme argenté. Hannibal faisait les cent pas, absorbé par ses pensées. On eût dit une manière de gros hibou méditatif.

« Chef ! dit-il brusquement. Nous pouvons essayer de deviner où ils sont. Il suffit de réfléchir. Pour commencer, le trésor doit se trouver dans la montagne, quelque part dans les limites de cette propriété. Ensuite, M. Harris est motorisé. Tertio, il est à peu près certain qu'il projette de s'approprier le trésor cette nuit même. Ses différentes ruses pour nous écarter de son chemin ne pouvaient nous tenir éloignés longtemps : elles n'avaient d'autre but que de nous retarder.

— Mais en quoi cela peut-il nous aider, Hannibal? demanda Ted.

— On peut en conclure que M. Harris va circuler sur une route et que cette route est située dans le domaine Sandow. Il est également probable qu'elle conduit à la montagne et qu'elle n'est pas très éloignée d'ici. Nous pouvons éliminer la route conduisant à la villa et celle conduisant à la maison forestière. Existe-t-il d'autres voies permettant le passage d'une voiture? Mlle Sandow peut nous renseigner.

— Bien raisonné, Hannibal, opina Reynolds. Il y a des chances pour que vous ne vous trompiez pas.»

Le chef de la police se tourna vers la tante Sarah, tandis que M. Andy, Ted et Warrington regardaient du côté des montagnes.

«Quelles autres routes traversent votre propriété, mademoiselle Sandow? demanda-t-il.

— Ma foi, répondit-elle en plissant le front pour mieux se concentrer, voici plusieurs années que je ne me suis promenée dans les parages. Pourtant...»

Ted lui coupa brusquement la parole :

«Regardez! Là-bas! Voyez-vous cette lueur? Elle brille par intermittence.»

Tous regardèrent dans la direction indiquée, en retenant leur souffle. Au bout de quelques secondes, un nouvel éclair lumineux troua la nuit, assez bas dans le ciel, juste au-dessus de la cime des arbres les plus proches.

« Un S.O.S. ! s'exclama Hannibal. Je parie que c'est Bob et Peter qui l'envoient ! Ils doivent être prisonniers là-haut.

— A environ huit kilomètres d'ici, calcula le chef de la police. A l'endroit même où commencent les plus hautes montagnes.

— En plein à l'est, monsieur », indiqua à son tour Warrington.

Les brèves et les longues de l'appel de détresse brillèrent de nouveau dans les ténèbres.

« Qu'y a-t-il par là-bas, mademoiselle Sandow ? demanda vivement Hannibal.

— Voyons... Que je me rappelle... Cela fait si longtemps... Attendez ! Oui... mon père avait fait construire là-haut une cabane rustique. C'est drôle que je m'en souvienne tout à coup. Personne n'y a mis les pieds depuis des siècles.

— Comment y accède-t-on ? demanda à son tour M. Andy.

— Eh bien, il y a une route... assez étroite. Elle va jusqu'au cœur de la montagne... et passe en contrebas de la cahute. Celle-ci est perchée au bord d'un à-pic. Elle est difficile à atteindre.

— Tout à fait l'endroit que M. Harris aurait pu choisir pour y enfermer des prisonniers ! » fit remarquer Hannibal au passage.

Chacun continua à regarder dans la direction de la lumière mais elle ne reparut point. C'est en vain qu'ils attendirent un moment encore : les signaux avaient cessé.

« Il a dû arriver quelque chose, murmura M. Andy, très inquiet.

— Allons voir sur place, décida le chef Reynolds. Pas un instant à perdre!»

La Rolls-Royce démarra la première, emportant Hannibal, le chef de la police, M. Andy et Ted. Trois des hommes de Reynolds suivirent dans la voiture officielle, le quatrième étant resté à la villa pour veiller sur Mlle Sandow. Les deux véhicules filèrent bon train sur la route principale jusqu'à un embranchement où prenait la route secondaire décrite par la tante de Ted. Ils s'y engagèrent sans hésiter.

Par prudence, les conducteurs éteignirent alors leurs lanternes. En raison de l'obscurité, on avança plus lentement. Heureusement que la lune dispensait une clarté suffisante pour qu'on puisse se diriger sans risque d'accident. Assez vite, les voitures parvinrent au pied des hautes montagnes. Elles s'arrêtèrent et leurs occupants descendirent.

Hannibal désigna du doigt, au-dessus de leurs têtes, les contours bien visibles d'une cabane rustique.

«Voilà l'endroit! chuchota-t-il.

— On ne voit plus aucune lumière! murmura en retour M. Andy.

— Montons là-haut, mais soyons très prudents, recommanda le chef de la police. Ce pourrait bien être un piège.

— Dépêchons-nous! dit le père de Bob. Mon fils et Peter se trouvent peut-être en grand danger.

— Ils le seraient plus encore, répliqua Reynolds, si nous nous faisions repérer trop tôt. Restez derrière, Hannibal! Harris est un homme dangereux.»

Hannibal acquiesça à contrecœur et regarda

s'éloigner le chef et ses hommes. A peine ceux-ci avaient-ils entamé leur ascension qu'un mouvement se fit sur leur droite. Les policiers bondirent. Warrington et M. Andy coururent leur prêter main-forte. Hannibal aperçut une forme blanche qui se débattait entre les mains des policiers.

« Un des hommes bruns ! s'écria-t-il.

— Amenez-le ici, qu'on le voie mieux ! » ordonna Reynolds à ses subordonnés.

Quand le Yaquali aperçut Hannibal, il cessa aussitôt de se débattre et un large sourire éclaira son visage sombre.

« Vous, Hannibal, non ? Moi, Natches. Ami. Yaquali amis. Moi, m'échapper.

— C'est à nous de décider si vous êtes ou non un ami, déclara le chef Reynolds d'une voix menaçante. Vous avez attaqué ces garçons, n'est-ce pas ?

— *Si.* Par erreur. Je croyais eux *amigos* de méchant homme Harris. Moi me tromper. Le dire aux autres garçons. Eux me croire.

— Vous avez vu Bob et Peter ! s'écria M. Andy. Où sont-ils ? Vite ! Dites-le-nous ! »

Natches prit un air malheureux.

« Méchant homme Harris emmener eux. Mon frère Nanika aussi. Harris avoir aussi petit frère, Vittorio, prisonnier. Moi m'échapper. »

Le chef Reynolds soupira.

« Voyons ! Commencez par le commencement et essayez de nous expliquer les choses en détail...

— Un instant, chef, coupa Hannibal. Je parie qu'il parle espagnol... N'est-ce pas ? » ajouta-t-il en s'adressant à Natches.

L'Indien parut heureusement surpris et s'empressa d'acquiescer.

« Dans ce cas, dit Hannibal, exprimez-vous en espagnol. Le chef de la police et moi-même, nous comprenons cette langue. »

Natches se mit à raconter son histoire. Mais, cette fois, il parlait plus vite et de façon plus compréhensible. Reynolds et Hannibal sentaient leur indignation croître au fil du récit.

« Vous dites qu'Harris détient quatre de vos garçons ! s'écria le chef des Détectives. Bien sûr ! Que j'ai donc été bête ! Il devait forcément utiliser de jeunes Yaquali ! C'est la réponse à l'énigme posée par Grand-Cerveau. Nous pensions tous qu'il avait voulu dire que le trésor était dans l'œil du ciel, où personne ne pourrait jamais l'atteindre...

— Eh bien, demanda le chef Reynolds, ne s'agit-il pas là des dernières paroles prononcées par Grand-Cerveau mourant ?

— Pas tout à fait, monsieur. Rappelez-vous. Les mots exacts sont *“là où aucun homme ne pourra le trouver”. Aucun homme*, comprenez-vous ? Il voulait dire qu'aucun adulte ne pourrait parvenir à atteindre le trésor... mais qu'un enfant en serait capable.

— Un jeune garçon ! s'exclama le chef de la police.

— Exactement, monsieur. La tribu de Grand-Cerveau a caché ses fameuses richesses en un endroit où seul un garçon pouvait se faufiler. Sans doute une caverne à l'ouverture très étroite.

— Vous pensez qu'Harris aura trouvé le véritable sens de l'énigme et sera allé au village yaquali pour y sélectionner quatre jeunes

Indiens assez petits et agiles pour atteindre la cachette?

— C'est ce que je crois, en effet, répondit Hannibal. Il n'ignorait pas que les Yaquali sont d'excellents grimpeurs.

— On peut imaginer alors, en déduisit le chef en hochant la tête, que la cachette se trouve quelque part là-haut, dans la montagne. Cependant, une chose m'étonne. Pourquoi Harris se serait-il laissé arrêter par l'étroitesse de la fissure d'accès? Il aurait facilement pu l'agrandir en faisant sauter le rocher avec une charge de dynamite.

— C'était risqué, monsieur, fit remarquer Hannibal. D'abord, l'explosion pouvait provoquer des éboulements qui auraient mis à mal le trésor ou l'auraient enfoui à jamais. Ensuite, n'oublions pas que Harris se propose de s'approprier le trésor. Cela exige de la discrétion... et du silence.»

M. Andy donnait des signes d'impatience.

«Ne pourrions-nous discuter de cela plus tard? coupa-t-il. Il faut de toute urgence porter secours à mon fils et à Peter. Natches! Dans quelle direction Harris est-il parti, après les avoir capturés?»

L'Indien désigna du doigt la route conduisant à la montagne la plus haute :

«Par là!

— Au cœur d'une zone particulièrement sauvage! soupira le chef de la police. Nous pourrions l'explorer durant des jours sans rien trouver. Enfin! Demain matin, j'enverrai des hélicoptères survoler la région.

— Demain matin! se récria le père de Bob. Mais il sera peut-être trop tard!

— Nous ne pouvons agir à l'aveuglette, expliqua le chef Reynolds. Comprenez-le! Cela ne ferait que rendre la situation des deux garçons plus périlleuse encore.»

Hannibal était resté silencieux durant cet échange de paroles. Soudain, il se tourna vers le Yaquali.

«Monsieur Natches, lui dit-il. Ne pourriez-vous les suivre à la trace?

— Si, bien sûr! J'ai l'habitude de débrouiller les pistes!

— Dans ce cas, en avant! décida le chef de la police. Ne perdons plus de temps. Et espérons que nous les rejoindrons sans tarder.»

Natches se mit à trotter sur la route baignée de lune. Les autres le suivirent en silence.

M. Harris se tenait debout près de Bob et de Peter, tout au fond d'un canyon perdu de la montagne. Les deux garçons étaient solidement ligotés.

«Jeunes imbéciles! J'aurais dû vous neutraliser dès le début. Enfin, ce ne sera plus long à présent.»

Sanders émergea d'une zone d'ombre.

«Les Yaquali sont prêts, patron.

— Parfait! déclara Harris. Le gros garçon qui sert de chef à ces deux idiots doit être en train de remuer ciel et terre pour les retrouver. Il serait sot de le sous-estimer. Il possède une brillante intelligence. Nous devons travailler vite. Suis-moi, Sanders!»

Bob et Peter virent les deux bandits disparaître dans la pénombre argentée du canyon.

Non loin d'eux, Nanika poussa un faible gémissement. Lui aussi était pieds et poings liés.

« Que faire maintenant ? soupira Peter.

— J'espère qu'Harris ne se trompe pas et qu'Hannibal est en train de se démener pour nous retrouver, répondit Bob.

— Peut-être a-t-il aperçu nos signaux.

— Nous n'avons pas eu le temps d'en envoyer beaucoup, rappela Bob qui n'était guère optimiste. Et même s'il les a vus, cela ne l'aura jamais mené que jusqu'à la cabane. Comment pourrait-il retrouver notre trace dans le noir ?

— Je n'en sais rien, mais j'ai idée que nous ne serons plus ici à l'aube. »

Avant que Bob ait eu le temps de répliquer, Harris et Sanders reparurent. Le pseudo-végétarien semblait fort satisfait. Il fit un signe à Sanders qui, se baissant, entreprit de détacher Bob.

« Debout ! intima Harris à Archives et Recherches. Sanders ! Tu sais ce que tu as à faire ?

— Sûr, patron.

— Très bien. L'opération ne devrait pas nous prendre plus de quelques heures, avec les quatre garçons travaillant à la chaîne. Tiens surtout l'œil ouvert, Sanders. D'ici peu, le trésor sera à nous ! »

Harris poussa Bob devant lui et disparut de nouveau dans l'obscurité du canyon, avec son prisonnier.

Peter se prit à frissonner. Pourquoi Harris emmenait-il Bob ?

Le jeune Crentch avait un sens inné de l'orientation. Il devinait assez exactement où il se trouvait présentement. Certes, le canyon n'avait pas de nom, mais il courait au pied de l'énorme montagne surnommée la Tête d'Indien, au cœur de la partie la plus montagneuse de la région, presque à la limite du domaine Sandow. La route, où Harris avait laissé sa voiture, passait à plus d'un kilomètre de là. Peter songea qu'il y avait peu de chance, en fait, pour qu'Hannibal repérât leur trace.

« Sanders ! appela-t-il. Harris vous a-t-il laissé ici pour...

— Tenez-vous tranquille ! ordonna Sanders d'une voix rude. Le patron n'aime pas qu'on soit trop curieux. »

Peter se résigna à garder le silence. Nanika, qui reprenait petit à petit ses sens, remua et, non sans peine, se mit sur son séant. Le robuste Yaquali regarda alors autour de lui en roulant des yeux furieux. Peter lui adressa un sourire rassurant. Cependant, il ne pouvait rien lui dire. Nanika ne connaissait que quelques mots d'anglais. Si Peter tentait quelque chose, il devrait le faire seul !

Hélas ! Que pouvait-il espérer ? Sanders se tenait à proximité et, fusil en main, ne perdait pas de vue les deux prisonniers. Peter observa les environs sans en avoir l'air, à la faveur du clair de lune. Si seulement il pouvait imaginer un moyen quelconque de se libérer...

Soudain, le grand garçon écarquilla les yeux. Il devait avoir la berlue. Mais non ! Des ombres silencieuses venaient de surgir dans le canyon. Aussitôt, il appela :

« Je suis là ! Au secours ! Venez vite ! »

Les ombres coururent vers lui. Sanders bondit sur ses pieds, regarda avec effarement les hommes qui arrivaient, puis lâcha son fusil et fonça, tête baissée, dans l'obscurité.

« Attrapez-moi ce bandit ! » ordonna la voix du chef Reynolds.

Un instant plus tard, Hannibal, M. Andy et Warrington entouraient Peter et se hâtaient de le débarrasser de ses liens.

Natches, de son côté, avait couru à Nanika et le libérait. Deux des hommes de Reynolds ne tardèrent pas à revenir, ramenant Sanders qui, furieux, se débattait de toutes ses forces pour leur échapper.

« Où est M. Harris ? demanda Hannibal à Peter.

— Il a remonté le canyon, en direction de la montagne de la Tête d'Indien. Et il a emmené Bob avec lui. »

M. Andy eut une exclamation de désespoir :

« Comment ! Bob est avec lui ! »

Le chef de la police se tourna vers Sanders et demanda, d'une voix menaçante :

« Où est Harris ! Qu'a-t-il fait de Bob et des jeunes Indiens yaquali ?

— Débrouillez-vous pour les retrouver, répondit insolemment Sanders. Après tout, c'est votre métier !

— Harris a un autre complice, déclara Peter. Un nommé Carson.

— Eh bien, ces gredins ne nous échapperont pas, affirma Reynolds. Ils sont pris dans ce canyon comme dans une nasse. Je ne vois pas comment ils pourraient s'en sortir. »

Sanders ricana d'un air méprisant.

« Ne chantez pas trop tôt victoire. Le patron a plus d'un tour dans son sac, vous verrez ! »

Ignorant l'interruption, Peter expliqua :

« Harris ne peut pas être encore bien loin. Et comme vous venez de le dire, chef, ce canyon se termine en impasse.

— C'est vrai, renchérit Hannibal. Harris est coincé. Pour repartir, il passera forcément par ici.

— Nous n'allons pas l'attendre! » décida le chef de la police.

Et il donna ordre à ses hommes de s'engager à leur tour dans le canyon. Arme au poing, les policiers obéirent, remontant l'étroit passage en direction de la montagne de la Tête d'Indien. Celle-ci se profilait au-dessus d'eux, mystérieuse et tout argentée par le clair de lune.

Au fur et à mesure qu'ils avançaient, le canyon se resserrait. Devinant que le trésor devait se cacher quelque part sur la hauteur, ils levaient souvent les yeux vers les cimes.

Hannibal fermait la marche, avec Peter et Warrington. Soudain, il s'arrêta net et poussa une exclamation :

« Regardez!... »

Il n'en dit pas plus long. Un rire éclatant, fantastique, venait de s'élever dans les ombres argentées du canyon. L'écho l'amplifia. Le rire diabolique parut rebondir d'une roche à l'autre.

« L'ombre qui rit! s'écria Peter.

— Par ici! hurla le chef de la police. Allumez vos lampes! »

Ses hommes actionnèrent aussitôt les énormes torches dont ils étaient munis. Au centre des faisceaux lumineux apparut alors M. Harris, souriant.

« Ma foi, déclara-t-il placidement, vous arrivez un petit peu trop tôt. Je le déplore. Maintenant, je devrais me contenter de moins que je n'espérais. »

Tout près de lui, le rire sauvage éclata de nouveau, couvrant en partie sa voix.

Chapitre 20

Le trésor!

«Pas un geste, Harris! ordonna le chef Reynolds. Vous autres, arrêtez-moi cet homme et fouillez-le. Où est le second complice?»

Un policier émergea de l'ombre, poussant Carson devant lui.

«Je le tiens, monsieur. Le voici!»

Pendant qu'on le fouillait, Harris ne cessait de sourire. L'un des policiers le débarrassa d'un sac assez rebondi qu'il tendit à son chef. Reynolds s'en empara pour en examiner le contenu. Un léger sifflement lui échappa. Puis, il fit face au criminel, toujours souriant.

«Ce sac est plein d'or, Harris. Autrement dit, vous avez déniché le trésor. Vous feriez aussi bien de nous en indiquer la cachette. Nous sommes renseignés sur votre compte.

— En vérité? répliqua Harris d'un air goguenard. Eh bien, j'en doute fort. Ces sales Indiens vous ont, bien sûr, raconté des histoires. Mais vous ne pouvez pas les croire...

— J'ai eu aussi la police australienne au bout du fil», déclara Reynolds.

Cette fois, Harris pâlit.

« Australienne? Mais... comment avez-vous découvert... ?

— Hannibal, dites-le-lui! Il... »

Avant que Reynolds ait pu achever sa phrase, un énorme oiseau fondit brusquement sur le groupe et vint se percher sur la tête de M. Harris. Il était à peu près de la taille d'un corbeau, avec un bec, gros et long, de couleur jaune et noire, une crête dentelée et brune, une poitrine et un ventre blancs, une queue fortement découpée et des ailes également très découpées. Son corps, massif, était surmonté d'une tête trop volumineuse pour sa taille.

« Qu'est-ce que... c'est... que ça? » bégaya Peter à la vue de l'étrange apparition.

Avant que personne ait pu répondre, l'oiseau ouvrit son énorme bec et éclata d'un rire sauvage, démoniaque, qui parut emplir le canyon tout entier.

« Le rire! s'écria Peter. C'était celui d'un oiseau!

— Tu as devant toi, expliqua Hannibal qui ne semblait pas du tout surpris, un *kookaburra*, plus communément appelé martin-chasseur d'Australie. C'est l'animal dont je n'arrivais pas à me souvenir... un oiseau australien possédant un rire presque humain. »

Hannibal prit une lampe électrique et la braqua sur M. Harris. Avec l'oiseau perché sur sa tête, l'escroc produisait une ombre représentant à s'y méprendre un homme de haute taille, bossu, avec une tête semblable à celle d'un oiseau et toujours en mouvement.

« Voilà notre ombre qui rit! annonça Hannibal. M. Harris et son kookaburra familier... Or, on ne trouve le kookaburra qu'en Australie.»

M. Harris acquiesça, puis haussa les épaules.

«Ainsi, dit-il, c'est vous qui m'avez démasqué, Hannibal? Je craignais que cela n'arrive, par la faute de cet oiseau. Aussi ai-je essayé de me débarrasser de lui en l'éloignant car je ne pouvais me résoudre à le tuer. Malheureusement, il est venu me rejoindre. Il hantait le domaine et se mettait à rire aux moments les plus inopportuns.

— Ce n'est pas seulement l'oiseau qui vous a trahi, Harris, précisa le chef Reynolds. Hannibal a également découvert que vous mangiez des sandwiches à la viande. Votre insouciance vous a perdu.

— Décidément, Hannibal est un grand détective. J'aurais dû me méfier davantage de lui. Cependant, sachez-le, je ne m'avoue pas vaincu. Je présume que vous aimeriez bien retrouver le jeune Bob et les petits Indiens sains et saufs, pas vrai?

— N'aggravez pas votre cas, Harris! conseilla d'un ton sec le chef de la police. Vous êtes suffisamment dans le pétrin comme ça!

— Et vous, il semble que vous vous fassiez trop d'illusions. Je n'ai pas l'intention de me laisser arrêter. J'ai pris toutes mes précautions, croyez-moi!» Et Harris sourit, d'un très vilain sourire. «Parlons net. Dans ce sac que vous tenez, il y a de l'or. Pas autant que j'avais espéré en recueillir, mais suffisamment toutefois. Je le négocierai. Je vous réclame donc cet or, pas davantage, avec ma liberté. Je vous laisse même en prime Sanders et Carson. Comme ça, vous aurez au moins deux arrestations à votre actif.

— Salopard!» s'écria Sanders, furieux, en tentant de sauter à la gorge de son ancien patron.

Les hommes qui l'encadraient le retinrent. Harris fit de nouveau entendre son rire déplaisant :

« Tut, tut, Sanders! Chacun pour soi, vu les circonstances actuelles. Je propose un marché à la police : ma liberté et cet or contre les garçons et le restant du trésor chumash!

— Nous n'acceptons aucun marché, Harris, déclara le chef de la police avec fermeté. Nous trouverons nous-mêmes les garçons. A présent que nous vous tenons, vous et vos complices, il vous est impossible de leur faire du mal.

— Détrompez-vous, chef! répliqua Harris d'une voix douce. J'avais prévu le pire et préparé un plan d'avance. Il vous sera impossible de mettre la main sur mes prisonniers à moins que je ne vous dise où ils sont.

— Harris, je vous préviens solennellement...

— Non! coupa Harris d'une voix soudain durcie. C'est moi qui vous avertis solennellement. A moins que vous ne me rendiez l'or et la liberté, vous ne retrouverez jamais ces enfants! Ils sont dans l'incapacité de se libérer seuls. Ils ne peuvent pas davantage appeler au secours. Ils n'ont ni eau ni nourriture. Si vous me laissez partir avec ce sac, je vous téléphonerai dès que je me serai mis à l'abri et vous indiquerai la prison des garçons. Sinon, ils périront!

— Vous n'oseriez pas les laisser mourir. Ce serait un meurtre. »

Harris sourit :

« Il est possible, en effet, que je n'aie pas l'âme d'un meurtrier, mais vous ne pouvez en être certain, n'est-ce pas ? En fait, vous ne pouvez courir le moindre risque. Vous n'avez pas le choix. »

Le rire de Harris s'éleva dans la nuit. Son kookaburra lui fit écho. Cela fit un vacarme étourdissant au fond du canyon.

M. Andy regarda le chef de la police avec des yeux implorants. Harris arborait maintenant un sourire de triomphe. Soudain, Hannibal prit la parole.

« Ce misérable se trompe, déclara-t-il froidement. Vous avez le choix, chef ! Je crois savoir où se trouvent Bob et les autres. »

Harris tourna ses yeux glacés vers Hannibal. Reynolds le considéra de son côté d'un air un peu sceptique. En revanche, M. Andy jeta un cri d'espoir :

« Où sont-ils ?

— Là-haut ! indiqua Hannibal en désignant du doigt la montagne qui les dominait de sa masse. Les derniers mots prononcés par Grand-Cerveau furent : "*Le trésor est dans l'œil du ciel, là où aucun homme ne pourra le trouver.*" Nous savons que c'est avec une secrète intention qu'il mentionna "aucun homme", mais je pense qu'il disait exactement la vérité en ce qui concerne l'œil du ciel. Il ne faisait allusion ni au soleil, ni à la lune, ni à aucune autre chose pouvant être prise pour un œil. Il voulait parler d'un œil véritable... Un œil qui se trouve là-haut, sur la montagne. L'œil de la Tête de l'Indien ! »

Tous les regards se portèrent vers les sommets. Se découpant contre le ciel pâli par la lune, une énorme tête, grossièrement dessinée par le roc, offrait son visage, avec un nez, une bouche et deux yeux.

« L'œil gauche semble enfoncé dans son orbite, reprit Hannibal. Je suppose qu'il y a là un rebord rocheux au-delà duquel s'ouvre une caverne, où les Chumash ont caché leur trésor. Harris a dû grimper jusqu'à cet endroit puis, ayant aperçu la lumière de nos phares, a poussé les garçons à l'intérieur et a bouché le trou, si bien qu'ils s'y trouvent prisonniers.

— Et vous vous imaginez que j'ai pu grimper jusque-là en si peu de temps ? murmura Harris.

— Parfaitement, répondit Hannibal. Surtout avec l'aide des jeunes Yaquali. En outre, la police australienne nous a appris que vous aviez été rat d'hôtel. Et les rats d'hôtel sont tous plus ou moins acrobates : ils s'élèvent le long des façades et sautent de balcon en balcon.

— En admettant que les garçons soient là-haut, que pouvez-vous faire ?

— Natches et Nanika peuvent grimper là-haut à leur tour », riposta Hannibal.

Natches hocha vigoureusement la tête :

« Sûr ! dit-il. Nous y arriver vite. Très facile.

— Allez-vous croire les sottises que débite ce gamin ? s'écria Harris en s'adressant aux hommes qui l'entouraient. Je vous préviens ! Si vous l'écoutez et qu'il se trompe, notre marché ne tiendra plus. Acceptez mon offre maintenant, car je ne la renouvellerai pas. C'est à prendre ou à laisser ! »

Les policiers restèrent silencieux. Tous regardaient M. Andy et les frères du petit Vittorio. Ce fut le père de Bob qui parla le premier :

« J'ai confiance en l'intuition d'Hannibal », déclara-t-il.

Les deux Indiens ratifièrent cette opinion d'un signe de tête.

« Très bien, dit alors Reynolds. Natches et Nanika vont donc monter et vérifier si l'hypothèse d'Hannibal est exacte. Mais que pourront-ils faire si Harris a ligoté ses prisonniers ? Rappelez-vous que l'entrée de la caverne risque d'être trop étroite pour permettre à un adulte de passer.

— Je ne vois pas, fit remarquer Hannibal, comment Harris aurait pu se glisser à l'intérieur de la caverne pour ficeler ses captifs. A moins qu'il n'ait obligé l'un des garçons à ligoter ses compagnons, puis qu'il ait ligoté celui-ci avant de le pousser dans le trou et de boucher l'ouverture. C'est bien compliqué ! Du reste, il n'en aurait pas eu le temps. Reste à envisager l'étroitesse du passage. Décidément, je crois que je ferais bien de monter, moi aussi, juste en cas. Je pourrais me faufiler dans l'œil...

— Vous, Hannibal ? » s'exclama le chef de la police en évaluant du regard les formes rebondies du jeune Jones.

Natches ajouta son grain de sel en déclarant tout net :

« Excuses. Hannibal pas pouvoir grimper non plus. Trop gros. »

Le chef des Détectives rougit violemment, mais eut la bonne grâce de s'incliner devant l'évidence.

« Peter ferait mieux d'y aller à ma place.

— *Si !* approuva Natches. Garçon robuste. Grand, mais pas si lourd. Lui pouvoir entrer dans trou du rocher. »

Peter consentit... mais sans aucun débordement d'enthousiasme.

« Entendu, soupira-t-il. Puisqu'il le faut... »

Le chef Reynolds, après avoir réduit Harris et ses complices à l'impuissance, les parqua dans un endroit, entre deux rochers, où ils demeurèrent, mornes et silencieux, pendant que Peter et les deux Yaquali se préparaient à entamer leur ascension. Les Indiens encordèrent Peter et, l'ayant placé entre eux, se mirent en route, Nanika allait en tête.

Du fond du canyon, leurs compagnons les virent s'élever le long de la paroi abrupte, à la façon d'insectes sur un mur. Ils montaient rapidement et d'un pied sûr. On devinait que, sans Peter, les deux Yaquali auraient gravi la montagne aussi facilement que s'ils marchaient dans la rue.

Enfin, les guetteurs les virent atteindre la corniche figurant le bord inférieur de l'œil du visage de pierre. Ils s'y arrêtèrent un instant, puis disparurent au-delà.

« Ils ont réussi ! s'écria le chef Reynolds avec soulagement.

— Avec Natches et Nanika, il n'y avait rien à craindre, monsieur, fit remarquer Hannibal. Maintenant, les voilà tous les trois dans l'œil du ciel. »

Après être arrivés sur la corniche rocheuse et avoir avancé de quelques pas, Peter et les deux Yaquali aperçurent un énorme rocher qui semblait boucher « l'œil » lui-même. Juste devant se trouvaient un petit tas d'or et une longue barre de fer.

« Hannibal avait deviné juste ! s'écria Peter. C'est bien ici la cachette au trésor ! Et Harris a sûrement utilisé cette barre pour rouler le rocher devant l'entrée de la caverne. Venez, Natches, aidez-moi.»

Se servant du levier, ils déplacèrent le quartier de roc. Juste derrière s'ouvrait une étroite fissure qui s'enfonçait à l'intérieur de la montagne. Elle était impraticable pour des hommes aussi larges d'épaules que Natches et Nanika. Peter prit une torche électrique.

«Attachez-moi une corde autour de la cheville. Si je tire dessus vivement, ce sera un signal. Vous me sortirez de là au plus tôt.»

Ayant ainsi pris ses précautions, le jeune garçon se coula par l'étroite ouverture. Il eut de la difficulté à avancer. Les parois du tunnel pressaient ses flancs. Bientôt, cependant, il eut l'impression qu'un espace plus large s'ouvrait devant lui et sentit comme un appel d'air. Il s'efforça d'avancer plus vite... mais sans y parvenir, hélas!

Il avait beau se débattre, sa progression ne faisait que se ralentir. Il finit même par être obligé de s'arrêter : sa corpulence ne lui permettait pas d'aller plus loin. Au même instant, il surprit un léger bruit devant lui. Effrayé, il alluma la torche qu'il tenait. Elle éclaira une silhouette qui, une grosse pierre à la main, s'apprêtait à le frapper.

«Bob! cria-t-il.

— Peter! répondit en écho Archives et Recherches dont le visage se mit à rayonner de joie. Nom d'un chien, que je suis content de te voir! Je m'évertue à dire aux jeunes Indiens qui sont là que vous allez tous venir nous délivrer. En vain! Ils ne me comprennent pas!»

Bob se mit à rire, un peu nerveusement :

« Tu es drôle, coincé dans ce tunnel. Sais-tu que j'ai eu moi-même de la peine à passer ? »

Peter déplaça le pinceau lumineux de sa lampe et constata qu'il s'en fallait de quelques centimètres pour que sa tête émergeât à l'intérieur de la caverne où se trouvait son ami. Puis le faisceau de lumière lui révéla, derrière Bob, quatre jeunes garçons au teint brun, qui lui souriaient.

« Regarde plus loin ! » lui dit Bob.

Peter obéit. Cette fois, la clarté de sa torche illumina le fond de la caverne. Peter jeta un cri :

« Oh ! »

Devant ses yeux éblouis s'entassaient des merveilles : or étincelant et joyaux qui lançaient des feux. Les objets en or étaient de toute sorte et brillaient comme des soleils. Quant aux gemmes incrustées dans les bijoux, elles reproduisaient toutes les couleurs de l'arc-en-ciel. C'était un véritable enchantement.

« Le trésor chumash ! murmura Peter, très impressionné. Enfin, nous l'avons trouvé ! »

Chapitre 21

Alfred Hitchcock a le dernier mot

Alfred Hitchcock sourit aux Trois Détectives assis devant lui, dans son bureau.

« Ainsi, leur dit-il, vous avez enfin retrouvé ce fameux trésor chumash " dans l'œil du ciel ". Grand-Cerveau avait dit l'exacte vérité... et il a néanmoins trompé son monde pendant près de deux siècles.

— Personne ne croyait qu'il disait vrai, souligna Hannibal.

— Jusqu'à ce que vous preniez l'affaire en main ! Eh bien, votre M. Harris et ses complices vont avoir tout le temps de regretter, en prison, leurs menées déloyales.

— Et quand ils auront purgé leur peine aux Etats-Unis, précisa Bob, ils devront encore rendre des comptes aux Australiens. La police de là-bas les attend.

— On ne peut prétendre que leur avenir soit couleur de rose, déclara M. Hitchcock en riant. Ont-ils fait des aveux ?

— Oui, monsieur, expliqua Peter. Cet Harris est très intelligent. Il avait entendu parler de la légende du trésor chumash et interprété correctement les dernières paroles de Grand-Cerveau. Mais, après avoir repéré la Tête d'Indien et trouvé la caverne, il ne put pénétrer dans la cachette. Il n'osait ni ne pouvait faire sauter la roche. C'est alors qu'il pensa à utiliser de jeunes garçons, réputés pour leur agilité, qu'il alla chercher dans un village yaquali, au Mexique.

— Il a avoué, enchaîna Bob, ce qu'il pensait faire d'eux par la suite. Quand les jeunes Indiens auraient fini de procéder à l'extraction du trésor, il se proposait de les expédier à l'autre bout du monde, là où ils ne pourraient le dénoncer. Il comptait que personne ne se soucierait de leur disparition. Songez donc! De pauvres petits Indiens d'un village perdu!»

Alfred Hitchcock fronça les sourcils.

«Quel odieux personnage! Heureusement, mes jeunes amis, que vous avez mis fin à sa vilaine carrière.

— Cependant, continua Hannibal à son tour, le jeune frère de Natches et de Nanika comprenait un peu l'anglais. Il entendit Harris exposer ses plans à ses complices et devina le danger qui les menaçait, lui et ses petits compagnons. Aussi il écrivit une lettre et la jeta hors de la voiture qui les emportait. Ce fut une chance que quelqu'un trouva ce billet et le mit à la poste.

— Ah! La chance! soupira M. Hitchcock. Il ne faut jamais la sous-estimer, jeunes gens! Nous ne saurons sans doute jamais qui était la personne qui posta la lettre. Mais, sans elle, ces garçons étaient perdus!

— C'est exact, monsieur, acquiesça Hannibal.

— Une chose m'intrigue, mon garçon. Harris semble avoir attendu bien longtemps avant de s'approprier le trésor.

— Oui. Il voulait opérer en toute tranquillité et dans le plus grand secret. Pour cela, il avait combiné d'éloigner Ted et Mlle Sandow, ce qui lui aurait laissé les mains libres. Il se disposait à les convier à un congrès végétarien, à San Francisco, le jour même où nous avons trouvé l'amulette. Eux partis, ce gredin mettait la main sur le trésor, expédiait les petits Yaquali au diable et s'échappait lui-même à bord d'un avion qu'il avait loué. Si son plan s'était déroulé selon ses vœux, nul n'aurait soupçonné que le trésor chumash avait été découvert. On aurait simplement constaté la disparition de M. Harris... qui aurait paisiblement achevé ses jours en Amérique du Sud. »

Peter prit le relais :

« Malheureusement pour lui et ses complices, ce jour-là, le petit Vittorio leur a échappé. Errant dans le parc du domaine, il s'approcha de la villa et, par la fenêtre, aperçut l'amulette dans la bibliothèque. Il la déroba, pensant que l'or dont elle était visiblement faite pourrait lui être utile.

— Et puis, continua Bob, il découvrit la cachette creusée à l'intérieur et y glissa son appel au secours.

— Plus tard, enchaîna Peter, le pauvre gosse fut rattrapé et lança le cri que nous avons entendu. Il espérait que ses frères trouveraient son S.O.S.... mais c'est entre nos mains qu'il est tombé.

— Et ce fut une chance! s'écria M. Hitchcock, puisque vous avez résolu le mystère.

— Ces amulettes prouvaient l'existence du trésor, expliqua Hannibal. Natches nous a repris la première parce qu'il pensait qu'elle venait de Vittorio. Quant à la seconde... Harris m'a induit en erreur à son sujet.

— Comment cela?

— Il a laissé entendre que Ted devait être coupable et que ces statuettes étaient autant d'indices menant au trésor. Cela m'a empêché de voir la vérité. Harris m'a encouragé à continuer à croire ce que je tenais déjà pour vrai.

— C'est en effet une grave faute pour un détective, admit M. Hitchcock, que de tenir pour vrai un fait qui n'est pas encore prouvé. Heureusement que vous vous êtes racheté très vite. Au fait, Hannibal, comment avez-vous deviné que l'ombre qui rit était un kookaburra... ce qui vous a conduit à penser qu'Harris était d'origine australienne?

— Tout d'abord, monsieur, j'ai cru que cette ombre était Ted. Puis je me suis rappelé que tous les accents "britanniques" n'étaient pas forcément anglais. Par ailleurs, ce rire avait quelque chose d'assez peu humain. Je me suis alors souvenu de la fameuse histoire d'Edgar Poe : *Double assassinat dans la rue Morgue* et...

— Mais bien sûr! Dans cette histoire, personne ne peut se mettre d'accord sur la langue parlée par le meurtrier invisible... et cela pour la bonne raison que ce meurtrier est un singe et ne parle aucun langage humain.

— C'est bien cela, monsieur. Je me suis dit que ce rire, que chacun décrivait différemment, pouvait bien appartenir à un animal... un animal australien, autant que je pouvais m'en souvenir. Mais son nom m'échappait. C'est seulement quand l'oiseau est venu se percher sur la tête de son maître que j'ai reconnu le martin-chasseur d'Australie.

— Vous êtes très fort, Hannibal. Bravo!... Ah! Comme j'aurais aimé admirer le trésor chumash au fond de sa cachette!

— Nous vous en avons apporté un échantillon, dit Bob en déposant un gobelet d'or, étincelant, sur le bureau du metteur en scène. Avec les compliments de Mlle Sandow, monsieur!

— Je la remercierai. Voilà qui va enrichir ma collection de souvenirs concrets de vos exploits, jeunes gens! Au fait, ce trésor, à qui appartient-il au juste? A Mlle Sandow?

— En partie seulement. Le reste, semble-t-il, reviendra à l'Etat. Les musées se verront attribuer certaines pièces. Nous pensons aussi que les Yaquali auront droit à une bonne récompense. Ce n'est que justice, au fond.

— Voilà donc un nouveau mystère éclairci grâce à vous, mes amis! Encore que, partiellement, celui-ci se termine en queue de poisson.

— En queue de poisson, monsieur?» protesta Hannibal, surpris.

Les yeux du metteur en scène pétillaient de malice.

«Eh bien... il n'est plus du tout question de Skinny Norris à la fin de votre rapport. Aurait-il, par hasard, tiré son épingle du jeu?»

Les Trois Détectives sourirent en même temps.

«Il ne perd rien pour attendre, monsieur,

assura Hannibal. Nous allons nous occuper de lui, vous pouvez y compter!»

Et sa voix contenait une menace si réelle que Skinny en aurait frémi s'il avait pu l'entendre.

Table

BIBLIOTHEQUE VERTE

LA VERTE

La lecture se

AVENTURE
fait aventure

En avant la lecture !

IMPRIMÉ EN FRANCE PAR BRODARD ET TAUPIN
Usine de La Flèche, 72200.
Dépôt légal Imp : 1365H-5 – Edit : 5107.
20-07-8328-05-5 – ISBN : 2-01-017006-7.
Loi nº 49-956 du 16 juillet 1949 sur les publications destinées à la jeunesse.
Dépôt : août 1993.